<u>dtv</u>

Hans hat die traurige Aufgabe, den bescheidenen Nachlaß von Arne Hellmer einzupacken – jenes außergewöhnlichen Jungen, mit dem er zwei Jahre lang ein Zimmer teilte. Jedes Fundstück weckt Erinnerungen, und so erzählt er vor dem Hintergrund des Hamburger Hafens und seiner Werften nach und nach Arnes Geschichte. – In ruhigen, atmosphärisch dichten Bildern entwirft Siegfried Lenz das Psychogramm eines Jugendlichen, der das Unglück früh kennenlernt; eines Außenseiters, der verzweifelt nach Nähe und Geborgenheit sucht.

Siegfried Lenz, am 17. März 1926 in Lyck (Ostpreußen) geboren, begann nach dem Krieg in Hamburg das Studium der Literaturgeschichte, Anglistik und Philosophie. Danach wurde er Redakteur und lebt seit 1951 als freier Schriftsteller in Hamburg.

Siegfried Lenz

Arnes Nachlaß

Roman

Deutscher Taschenbuch Verlag

Ungekürzte Ausgabe
Oktober 2001
5. Auflage April 2003
Deutscher Taschenbuch Verlag GmbH & Co. KG,
München
www.dtv.de
© 1999 Hoffmann und Campe Verlag, Hamburg
Umschlagkonzept: Balk & Brumshagen
Umschlagbild: ›Speicherstadt‹ (1995) von Friedel Anderson,
Öl auf Leinwand, 60 x 60 cm
Satz: Utesch GmbH, Hamburg
Gesetzt aus der Janson
Druck und Bindung: Druckerei C. H. Beck, Nördlingen
Gedruckt auf säurefreiem, chlorfrei gebleichtem Papier
Printed in Germany · ISBN 3-423-12915-8

Sie beauftragten mich, Arnes Nachlaß einzupakken. Einen ganzen Monat ließen sie verstreichen – einen Monat der Ratlosigkeit und der verzweifelten Hoffnung –, bis sie mich an einem Abend fragten, ob es nicht doch an der Zeit sei, seinen Nachlaß einzusammeln und zu verstauen, und so, wie meine Eltern das fragten, mußte ich es als Auftrag verstehen. Ich versprach nichts; schweigend aß ich mein Abendbrot zu Ende, rauchte zum letzten Glas Bier eine Zigarette, dann stieg ich hinauf in mein Zimmer, das ich so lange mit Arne geteilt hatte, setzte mich auf seinen Hocker und brauchte eine Weile, ehe ich mich entschloß, sein ramponiertes Köfferchen vom benachbarten Boden zu holen und den Karton, den er damals mitbrachte.

Ich hob den Deckel vom Karton, ich öffnete das Köfferchen, und während ich den Blick wandern ließ zu den offen daliegenden Sachen, die ihm gehörten, glaubte ich auf einmal, Arnes Anwesenheit zu spüren, und hatte das Gefühl, daß er mich, wie so manches Mal, dringend und fragend ansah. Vor mir lag seine finnische Grammatik – ich rührte sie nicht an; in Reichweite, als Heftbeschwerer glänzte der von Schmutzfäden durchzogene kleine Messingbarren – ich nahm ihn nicht in die Hand; ich löste nicht die kolorierte Karte des Bottnischen Meerbusens von der Wand, die er in Augenhöhe angepinnt hatte, und ich scheute mich, das Brett mit den Schiffsknoten aufzunehmen und in den Karton zu legen.

Ach, Arne, an diesem Abend brachte ich es anfangs nicht fertig, deine Hinterlassenschaft einfach einzusammeln und still wegzuräumen und für unbestimmte Zeit in die ewige Dämmerung des Bodens zu verbannen. Zuviel kam da herauf und bot sich an, jedes Ding bezeugte etwas, gab etwas preis, wie von selbst stiftete es dazu an, Vergangenheit zum Reden zu bringen.

Ein Blick auf den kleinen, aus Holz geschnitzten und rotweiß gelackten Modell-Leuchtturm, und unwillkürlich belebte und vertiefte sich Erinnerung, ein Fenster öffnete sich, wieder herrschte Hafenwinter, ein verhangener Tag mit beißender Klammheit, der Tag, an dem Arne zu uns gebracht wurde.

Wir aßen Birnen. An jenem Wintertag hingen wir erwartungsvoll am Fenster und aßen südafrikanische Tafelbirnen, die einer von Vaters Leuten in

8

einem der Fruchtschuppen ergattert hatte, drüben im Freihafen. Kauend blickten wir auf den abschüssigen, unter Schnee liegenden Werftplatz, über den ausgetretene Wege hinliefen – von den Werkstätten zum Kontor, von den Schuppen zu den beiden Kränen –, schmutzige Wege, in denen Pfützen von Schmelzwasser schimmerten. Alles trug weiße Kappen: die verbrauchten Kolben und Wellen, die alten Anker und die ausgedienten Schiffsmasten und auch der Fallturm, in dem die Kugel herabsauste und den Schrott zu Barren zurechthämmerte, waren weiß bemützt. Unten, am leicht geriffelten Wasser, wo sie einen rostigen Griechen abwrackten, bissen sich Schneidbrenner durch die zerschrammte Bordwand, trennten, unter spritzendem Funkenregen, Platte um Platte heraus. Wie leicht sich alles ergibt und anbietet, wie nah und gegenwärtig es ist: die Abwrackwerft, wir, unsere Erwartung. So, wie du, Arne, von uns erwartet wurdest, wurde wohl niemand zuvor hier erwartet, so gespannt, so teilnahmsvoll, aber auch so skeptisch.

Wiebke sah ihn zuerst, und wenn auch nicht seine Erscheinung, so doch den alten grauen VW, in dem sie Arne zu uns brachten. Meine Schwester legte das Birnengehäuse auf die Fensterbank und deutete zum Werfttor und zur Straße hinüber, von woher ein Auto sich näherte, langsam, ruckelnd, als suchte es sich seinen Weg zwischen den Hügeln ausgeweideter Schiffsteile; es verfuhr sich, verschwand für einen Augenblick hinter getürmten Rohrleitungen, tauchte vor der Schlosser-Werkstatt auf und fand dann zwangsläufig zu dem geräumigen hölzernen Schuppen, dessen eine Hälfte als Kontor diente. Das muß er sein, flüsterte Wiebke. Bevor er sich vom Rücksitz herauszwängte, stiegen zunächst aber ein gedrungener bärtiger Mann und eine hochgewachsene Frau aus, die durch das Fenster ins Kontor hineinlinsten und, in der Gewißheit, daß sie ihr Ziel erreicht hatten, gleich mit dem Ausladen einiger Sachen begannen.

Und dann sahen wir ihn, endlich kletterte er heraus und stand nur ergeben da, ein schmächtiger Junge, der zu frieren schien und der darauf wartete, Anweisungen zu erhalten. Ohne den Blick zu heben, ließ er sich von dem Mann einen Rucksack umhängen, faßte den Griff eines Köfferchens, das ihm gereicht wurde, blieb geduldig stehen, während da noch ein Beutel und ein sperriger Kasten ausgeladen wurden, und erst als die Frau ihm übers Haar wischte, sah er auf. Jetzt entdeckte er wohl in der Höhe den Schwenkarm des Krans, an dem eine riesige Schiffsschraube schwebte, und an diesen Anblick verloren, übersah er die ausgestreckte Hand der Frau. Sie mußte zufassen. Sie zog ihn mit sich. Alle drei verschwanden im Kontor meines Vaters.

Damals, Arne, an jenem Wintertag, sahen wir dich zum ersten Mal, hatten nur Augen für dich, wie du dort standest im schmutzigen Schnee vor dem Schuppen, ergeben, verloren, als hättest du dich in unsere Welt verirrt. Meinem kleinen, immer spottbereiten Bruder Lars erschienst du als Fragezeichen, abschätzig meinte er, daß mit dir wohl nicht viel anzufangen sei, nicht hier, wo wir kurzweilig lebten, an diesem entlegenen Hafenbecken, in dem alte, ausgemusterte Schiffe ihr Ende fanden. Wiebke fiel aus der Ferne dein staksiger Gang auf, außerdem glaubte sie erkannt zu haben, daß du dein Gesicht wie schuldbewußt gesenkt hieltest; sie sagte es leise, als fürchtete sie, du könntest es hören. Harmloser als du jedenfalls hätte uns einer nicht vorkommen können, nicht am Tag deiner Ankunft, und gewiß hätte niemand von uns geglaubt, daß du uns einmal ein dauerhaftes Rätsel aufgeben und uns zurücklassen würdest in Trauer und Bewunderung.

Auch nachdem Arne und seine Begleiter im Kontor verschwunden waren, hielten wir das Fenster besetzt, starrten unablässig hinüber und dachten uns in den immer überheizten Arbeitsraum meines Vaters, wo, wie wir annahmen, die Übergabe geschah und nach Begrüßung und Befragung ein vorbereitetes Dokument unterschrieben wurde. Wir wollten es uns nicht entgehen lassen, wie sie aus dem Kontor heraustraten und, nach der Verabschiedung von Arnes Begleitung, zu uns herüberkamen: ob Hand in Hand und im Gespräch oder schweigend hintereinander durch den Schneematsch. Während wir wie angenietet das Kontor beobachteten, fragte meine Mutter in unserem Rücken, ob er schon gekommen sei, und nachdem Wiebke es knapp bestätigt hatte, erinnerte sie uns daran, was am Abend zuvor ausgemacht worden war: wir hatten versprochen, Arne wie einen Bruder aufzunehmen. Denkt daran, was er erleben mußte, sagte sie, und sie sagte noch einmal: Nehmt ihn wie einen Bruder auf und stellt ihm keine Fragen, irgendwann wird er schon von selbst sprechen wollen.

Wir wußten da nicht viel über Arne, wir wußten lediglich, daß sein Vater, ein ehemaliger Kapitän und Eigner eines Küstenmotorschiffes, mit seiner ganzen Familie freiwillig in den Tod gegangen war, nicht auf See, sondern in ihrem Haus am Rand von Cuxhaven. Nur bei ihm, nur bei Arne hatten die Wiederbelebungsversuche Erfolg; seine Eltern und die beiden älteren Schwestern konnten die Nachbarn, die das Unglück entdeckt hatten, nicht mehr ins Leben zurückholen. Mein Vater fuhr zum Begräbnis seines Jugendfreundes, und nach seiner Heimkehr brachte er uns bei, daß wir demnächst Zuwachs bekämen, freundlichen, schüchternen Zuwachs, zwölf Jahre alt, Arne Hellmer. Ich weiß noch, wie oft wir da versuchten, aus meiner Mutter mehr herauszufragen, doch sie wollte nichts sagen; obwohl sie alles wußte, wehrte sie unsere Fragen ab, unwirsch mitunter. Daß Arne zu mir ziehen sollte, in mein geräumiges Bodenzimmer, war allein ihre Entscheidung.

Als sie aus dem Kontor herauskamen, hatten sie sich anscheinend schon voneinander verabschiedet, sie nickten sich nur noch einmal zu, dann fuhren Arnes Begleiter weg, und er stand so lange da, bis mein Vater seinen Karton und den Beutel aufnahm und ihn blickweis aufforderte, mit ihm zu gehen. Sie gingen nebeneinander, ohne zu reden, mitunter wandte mein Vater sich ihm zu, als wollte er ihm Mut machen: Nu los, komm schon. Vor dem Haus blieben sie stehen, und Vater lenkte Arnes Blick zu unserem Fenster hinauf, mit einem Ausdruck, in dem eine stille Warnung lag; da zogen wir uns gleichzeitig zurück und verteilten uns im Wohnzimmer, darauf bedacht, nicht übermäßig interessiert zu erscheinen. Meine Mutter hielt es ebenfalls für nötig, uns zeichenhaft zu ermahnen, danach stellte sie sich zur Begrüßung an der Tür auf, nicht seitlich, sondern so, daß sie dem Eintretenden den Weg versperrte.

Sie hieß Arne, der von meinem Vater sacht geschoben wurde, willkommen, sie nahm ihn gleich an die Hand und führte ihn zum Tisch, auf dem, eigens für ihn, ein Frühstück vorbereitet war, Milch und Käsebrot und eine südafrikanische Tafelbirne – ein für ihren Sparsinn üppiges Frühstück. Jetzt gehörst du zu uns, sagte sie, während sie ihm half, den gelben Rucksack abzunehmen, und als er verlegen vor dem Tisch stand, rief sie uns nacheinander auf und bat uns, ihn zu begrüßen und ihm unsere Namen zu nennen. Ich höre noch, wie mein Vater ungeduldig von der Tür her sagte: Mach schon, Wiebke, und auch du, Lars, gebt Arne die Hand. Ich gab dir als erster die Hand, ich sagte: Ich bin Hans, du wirst in meinem Zimmer wohnen, du wirst dich bestimmt wohlfühlen bei mir. Ein zaghaftes Lächeln glitt über sein Gesicht, er nickte dankbar, nickte erstaunt, seine Lippen bewegten sich, doch es war kein Wort zu hören.

Lars begrüßte ihn flüchtig, fast nachlässig, und er glaubte wohl, besonders originell zu sein, als er im Abdrehen sagte: Dann auf gute Nachbarschaft. Arne war nicht einmal verwundert, anscheinend hatte er den Satz überhört, denn er starrte unverwandt Wiebke an, er musterte sie so überrascht, so freundlich und forschend, als erinnerte sie ihn an jemand, der ihm viel bedeutete. Wiebke wies ihn darauf hin, daß ihr zweiter Name Carola war, daß aber alle hier sie nur Winnie nannten, und als Arne darauf nichts sagte oder sagen konnte, stellte sie ihm frei, sie auch Winnie zu rufen.

Mein Vater drückte ihn auf den Stuhl nieder und forderte ihn auf, zu essen, und wir standen herum und kamen nicht von seiner Erscheinung los. Wir taxierten, maßen, befragten ihn lautlos: das hellblonde Stoppelhaar, die schmalen, auch in der wattierten Jacke schmal erscheinenden Schultern, das blasse Gesicht, dessen Haut – vor Kälte oder Erregung – leicht aufgerauht, körnig war, die dünnen Handgelenke. Er trug keine Jeans, sondern olivfarbene Cordhosen und an den Füßen neue derbe Schnürschuhe. Da er zögerte, das Käsebrot zu berühren, setzte meine Mutter sich zu ihm und ermunterte ihn, zu essen, doch er schüttelte den Kopf und sah sie mit einem bittenden Blick an und flüsterte: Ich hab schon gegessen, wirklich, heute morgen. Und er blieb bei seinem Verzicht, wobei ihm anzumerken war, daß es ihm nicht leichtfiel, dem Drängen zu widerstehen.

Lange saß er still da, zumindest kam es uns so vor, und während wir uns achselzuckend ansahen und harmlose Fragen überlegten, stand er plötzlich auf und öffnete sein altmodisches Köfferchen. Tastend fuhr seine Hand hinein, fingerte da unter dunklem Wollzeug, hielt inne und zog etwas heraus, etwas Weißliches, Angegilbtes, das er behutsam umschloß und zum Tisch brachte und vor meiner Mutter hinsetzte. Das habe ich Ihnen mitgebracht, sagte er leise. Sogleich umstanden wir alle den Tisch, sahen und bewunderten die aus Walroßzahn gearbeitete, fein polierte Möwe, eine Heringsmöwe, geduckt, mit gerecktem Hals, offenbar in Verteidigungshaltung. Wer sie nur ansah, hörte sie schreien. Ist die aber schön, sagte meine Mutter und nahm sie in die Hand, drehte und wendete sie und glaubte tatsächlich, die ursprüngliche Kühle des Materials zu spüren, nach Jahren noch zu spüren. Sie reichte die Möwe meinem Vater, der nachdenklich über den glatten Körper hinstrich und urteilte: Feine Arbeit, in Norwegen machen sie sowas. Sie ist aus Norwegen, sagte Arne, mein Vater hat sie einmal mitgebracht, sie gehörte meiner Schwester.

Mir entging nicht, daß meine Eltern sich mit einem Blick verständigten, worauf mein Vater das kurze Brett mit dem aufmontierten Modell-Leuchtturm holte und es Arne in die Hände legte: Und das ist für dich, zum Einzug. Er sagte noch: Ich hab's mal selbst gemacht, auf großer Fahrt, es ist lange her. Ungläubig hielt Arne das Geschenk eine Weile vor seinem Körper, dann setzte er es auf den Tisch, beugte sich darüber und berührte behutsam den Turm und die umlaufende Plattform und die kleinen dekorativen Wellen, die sich vor dem Fuß des Turms reckten, er linste auf die aufgemalten Fenster und hob die Laternenkuppel ab und spähte in das Innere des Turms – überwältigt von Freude. Wenn du den Wärter suchst, sagte mein Vater, den mußt du dir hinzudenken. Wie immer bei uns, gaben sie einander zum Dank stumm die Hand, Arne meinem Vater und meine Mutter Arne; danach aber sagte meine Mutter: Du brauchst mich nicht mit Sie anzureden, Arne, du gehörst doch jetzt zur Familie, sag einfach Tante Elsa, das genügt. Wiebke lächelte spöttisch, sie hielt das Angebot wohl für verfrüht oder für überflüssig, und auch Lars schien es zu tun, der bekümmert zur Decke aufsah, mit unhörbarem Seufzen. Und beide blickten sich dann betreten an, als mein Vater, weil er offenbar in seinem Willkommensangebot nicht zurückstehen wollte, Arne freistellte, ihn künftig einfach Onkel Harald zu nennen, Onkel Harald, klar? Arne nickte nur. Bevor mein Vater hinüberging in sein Kontor, deutete er auf Arnes Sachen und sagte zu mir: Hilf ihm mal, und zeig ihm, wo er wohnen wird; wenn er sich erst ausgebreitet hat, findet sich alles andere von allein; und an Arne gewandt, sagte er: Wenn du was brauchst, frag nur Hans, er ist der Älteste, ihm kannst du dich anvertrauen.

Wir beluden uns mit seinen Sachen und stiegen zu meinem Zimmer hinauf, ich lotste ihn über den dämmrigen Boden, warnte vor Hindernissen – den

Truhen mit ererbtem, nie gebrauchtem Weißzeug, den beiden Kinderbetten – und öffnete ihm die Tür. Zweimal mußte ich ihn auffordern, einzutreten.

So wie du, Arne, blieb manch einer verblüfft an der Schwelle stehen, der zum ersten Mal zu mir heraufkam; denn mit seiner Einrichtung glich mein Zimmer damals einer Schiffskajüte. Die engen Kojen mit hochgeklapptem Sicherheitsbrett, die dreibeinigen, raumsparenden Polsterstühle, die aus tropischem Holz gefertigten Tische und die beiden baumelnden Messingglocken: alles stammte aus abgewrackten Schiffen, alles wurde unter Aufsicht meines Vaters, der als Meister das Sagen hatte, geborgen, repariert, gewienert und zu uns transportiert, um mir ein seewinddurchlüftetes, vor allem aber kostengünstiges Zuhause zu schaffen. Die Fenster allerdings waren noch nie auf See gewesen, waren noch nie unter Gischtfahnen erblindet, es waren doppelt verglaste Veluxfenster, tief herabgezogen, so daß man stehend über den Werftplatz, auf das Hafenbecken und am Abend auf die Lichtkuppel von Hamburg blicken konnte.

Arne gefiel das Zimmer; nachdem er für seinen Leuchtturm einen Platz gefunden hatte, ging er herum, prüfte die Aussicht, bestaunte das Inventar alter, längst aus dem Register verschwundener

Schiffe. Ich öffnete ein Metallspind für ihn. Ich zeigte ihm sein Bett. Ich hob von einer Kiste, in der einst Schwimmwesten verstaut waren, den Deckel ab und empfahl ihm den Raum für Schuhe und sperriges Zeug. Für ihn, ihn ganz allein, hatte ich ein abschließbares Eckschränkchen vorgesehen: Hier kannst du verstauen, was keinen etwas angeht. Den Peilrahmen, den ich mir als Dekoration besorgt hatte, untersuchte er nachdenklich, vorsichtig drehte er die ringförmige Rahmen-Antenne, schloß die Augen, als lauschte er, und machte auf einmal ein Gesicht, als hörte er wirklich etwas, und auf einmal drehte er die Rahmen-Antenne gegen mich und wollte wissen, wie alt Wiebke sei; er fragte direkt: Wie alt ist Wiebke, Hans, und ich sagte: Wiebke ist vierzehn, ich bin siebzehn. Er schwieg eine Weile, seine Augen verengten sich, dann begann er kaum merklich zu zittern, ließ die Antenne los und sagte: Margarethe war auch siebzehn, meine Schwester war auch siebzehn. Ich wollte nicht nachfragen, ich zeigte auf den Klapptisch, der künftig nur sein Tisch sein sollte, und ermunterte ihn, auszupacken, einzuräumen, von allem Besitz zu nehmen, was ich für ihn reserviert hatte. Um ihm nicht wie kontrollierend zuzugucken, verschanzte ich mich hinter einer Hausarbeit, die wir aufbekommen hatten – ich weiß noch: aus der Geschichte der Kolonisation;

Kolumbus und Hispaniola –, mußte aber dennoch immer wieder zu ihm hinblicken, beeindruckt von der Sorgfalt, mit der er alles, was er aus dem Rucksack, aus dem Karton und dem Beutel hervorholte, auf Spind und Kisten verteilte und, nach kurzer Begutachtung, ablegte. Daß einer in seinem Alter so schonungsvoll umgehen konnte mit seinem Eigentum, wunderte mich; sogar die paar Taschentücher legte er akkurat aufeinander. Als er die Rolle mit den holländischen Butterkeksen in die Hand bekam, bot er mir sogleich einen Keks an, und weil ich sein Angebot nicht zurückwies, legte er noch ein paar Kekse neben mein Heft. Zuletzt packte er ein paar Bücher und Schreibblöcke aus, die er auf dem Klapptisch stapelte; dann trug er, wie ich's ihm riet, seine leeren Behältnisse auf den Boden und stellte sie zu unseren vergessenen Kinderbetten. Allein im Zimmer, warf ich dann rasch einen Blick auf seine Bücher und wollte nicht glauben, was die Titel besagten, aber es waren tatsächlich ein Wörterbuch und eine Grammatik der finnischen Sprache, außerdem eine Broschüre mit finnischen Redensarten. Ich blätterte in der Broschüre, versuchte gerade, ein zeilenlanges Wort leise nachzusprechen, da kam Arne zurück und sagte wie nebenher: Jetzt lerne ich Finnisch, Hans.

Arne lernte Finnisch; seit er einmal, in den großen Ferien, in Finnland gewesen war – sein Vater hatte ihn auf eine Reise mitgenommen, und er blieb bei ihm, während ihr Kümo im Dock lag –, hatte er sich vorgenommen, Finnisch zu lernen, allein, ohne Anleitung. Auf meinen Hinweis, daß man Finnisch doch nie braucht, daß es gewiß zweckmäßiger wäre, eine andere Sprache zu lernen, Englisch oder Russisch oder Spanisch zum Beispiel, sah er mich einen Augenblick verständnislos an, dann sagte er: Aber ich muß es, schon wegen Toivo muß ich es. Er fühlte sich tatsächlich verpflichtet, die Sprache seines finnischen Freundes Toivo zu lernen, mit dem er viel geteilt hatte, einmal auch ein Zelt auf einer bewaldeten Insel. Er hoffte, dem bewunderten Freund eines Tages in Finnisch schreiben zu können. Englisch, sagte er, Englisch kann ich schon.

Ja, Arne, damals konnte ich nicht anders, ich mußte mir einfach meinen Teil denken, als du mich – zutraulich, wie du immer warst – mit deinen Überzeugungen und Entschlüssen und Neigungen bekannt machtest, anfangs schüttelte ich mitunter nur den Kopf und hielt dich aus Zuneigung lediglich für merkwürdig, aber bald wußte ich mehr. Bald erfuhr ich, was Doktor Lungwitz von dir sagte, der ja vorübergehend auch mein Lehrer war; bei einem Besuch vertraute er meinem Vater an, daß er dich für den außergewöhnlichsten Schüler hielt, den er je unterrichtet hatte, ja, er zögerte nicht, dir eine einmalige Begabung für fremde Sprachen zuzuerkennen, die ihm, der selbst in vier Sprachen zuhause war, als rätselhaft erschien.

Um mich von meiner Hausarbeit nicht abzuhalten, setzte Arne sich an den Klapptisch und schlug ein Heft auf, er saß ganz still da, nicht ein einziges Mal blätterte er um. Als ein Luftschiff mit einem flatternden Werbeplakat für Autoreifen vom Hafen heranbrummte, stand er nicht auf, er blickte nur einmal zum Fenster und dann zu mir, und jetzt sah ich, daß er Tränen in den Augen hatte, seine Lippen zuckten, er bibberte. Ich trat zu ihm und fragte, was los sei, fragte, ob ich etwas tun könnte für ihn; er wischte sich mit dem Ärmel übers Gesicht und versuchte zu lächeln, und plötzlich ergriff er meine Hand und sagte stockend: Du kannst dich auf mich verlassen, Hans, immer.

Da er meine Hand nicht losließ, zog ich ihn hoch und drehte ihn zum Fenster und zeigte auf den verschneiten Werftplatz, auf dem sich in seiner Schienenspur ein Kran bewegte, mit klingelnden Warnzeichen. Da unten ist allerhand los, sagte ich, wenn du Lust hast, sollten wir da mal rumstöbern, vielleicht entdeckst du etwas Brauchbares für dich. Er antwortete nicht, er beobachtete ausdauernd den Kran, an dessen Arm jetzt ein meergraues Rettungsboot hing, pendelnd, schwankend, ein bockiges Wesen, das sich gegen die Luftreise sträubte. Der Kahn hat wohl ausgedient, sagte ich; alles, was da unten liegt, hat ausgedient, aber manchmal kommen Leute und kaufen die Sachen für alt, Pumpen, Entlüfter oder Ruderblätter; einmal hat Vater eine ganze Schiffskombüse verkauft, an Zirkusleute. Du glaubst nicht, was ein alter Dampfer beim Abwracken noch so alles hergibt. Arne hob den Blick, sah eine Weile zu den Flammen der Schneidbrenner hinüber, die fern am Wasser den Rest einer Bordwand zerschnitten, sich fast schon bis zum Schiffsboden hinuntergefressen hatten, und auf einmal sagte er – und es hörte sich an, als sagtest du es zu dir selbst –: Unsere »Albatros« ist gesunken, im Kattegat, es war Sturm. Da hoffte ich, daß er mehr sagen und mir anvertrauen würde, was nur er allein wußte und mit sich herumtrug, doch er schwieg, und ich fragte nicht nach, denn ich wollte nichts aufrühren. Ich zeigte auf die ausgeweideten Schiffsteile und ließ ihn ermessen, was unwiderruflich verlorenging bei den vielen Untergängen auf See, welche Werte in der Tiefe lagen, für immer, und ich nannte ihm ein paar Schiffsnamen, die »Flying Enterprise«, die »Andrea Doria« und die »Stella«, aber auch das Unglücksschiff »Estonia«: was da alles mit unterging. Und ich sagte: Wer weiß, was alles mit eurer »Albatros« untergegangen ist, und gleich darauf bedauerte ich, es gesagt zu haben, denn Arnes

Blick verengte sich, eine seltsame Starre schien ihn zu befallen, und auf seinem Gesicht zeigte sich ein Ausdruck verzweifelter Konzentration. Ich legte ihm einen Arm um die Schulter und führte ihn an mein Schapp heran, an die Abseite in Fußbodenhöhe, in der ich aufbewahrte, was ich nach und nach auf der Werft erworben, manchmal auch abgestaubt hatte. Eine dickglasige vergitterte Laterne. Einen Kompaß. Zwei guterhaltene, rotweiße Rettungsringe. Flaggen und Wimpel und ein Stapel von Seekarten. Sinnierend hockte Arne vor meinem heimlichen Besitz, er achtete kaum auf meine Erläuterungen – von welchem Kasten was stammte –, doch als ich ihn aufforderte, sich etwas auszusuchen, fuhr er auf, sah mich ungläubig an und fragte: Im Ernst, meinst du's wirklich im Ernst? Klar, sagte ich, bedien dich ruhig, nur die Signalpistole, die kannst du nicht bekommen. Da hockte er vor meinen Besitztümern und sollte sich etwas aussuchen, und er prüfte, erwog und befummelte, entschied sich für etwas und legte es gleich wieder zurück, doch nachdem er einen Satz Reederei-Wimpel aufgehoben hatte, fiel sein Blick auf das alte Log, und das nahm er in beide Hände und wünschte es sich. Wir hatten auch eins an Bord, sagte er, auch mit solch einem Brett und der Leine und dem Glas. Spielerisch ließ er ein Stück Leine von der Rolle laufen und zog das Brett über den

Fußboden, und ich erkannte, daß er mit dem Gebrauch des Logs vertraut war. Immer noch, Arne, liegt es am Fußende deiner Koje, auf dem Platz, auf dem du es haben wolltest, unberührt von uns.

Auf einmal kam Wiebke herein, sie kam herein, ohne anzuklopfen, ließ sich auf mein marokkanisches Sitzkissen fallen, sagte nichts, saß nur im Schneidersitz da und blickte Arne grüblerisch an. Der freute sich über Wiebkes Anwesenheit und mußte ihr gleich zeigen, wo er seine Sachen verstaut hatte: Hier, im Spind, liegen schon … in der Kiste, siehst du, die Schuhe … im Eckschrank sollen später die Hefte und … Gleichmütig überging Wiebke, was er ihr zeigte, sie hatte nur ein Interesse für ihn, für seine Haltung, seine Bewegungen, seine Worte, besonders für seine Worte: ein kaltes und doch verständliches Interesse, mit dem sie ihn ununterbrochen begleitete. Sie übersah auch die Keksrolle, die er ihr freundlich hinhielt, und hörte nicht auf, forschend sein Gesicht zu betrachten, und als er ihr zum wiederholten Male einen Keks anbot, fragte sie plötzlich: Warst du richtig tot? Offenbar wurde ihr sogleich bewußt, daß sie diese Frage nicht hätte stellen dürfen, sie sah mich erschrocken an, sie schien so bestürzt über sich selbst, daß sie in dem Bedürfnis, die Frage zu verharmlosen, langsam hinzufügte: Manchmal, weißt du, wenn ich gar nichts mehr gespürt hab, dachte ich schon: So muß es sein, wenn man tot ist. Arne stand regungslos da, er lächelte zaghaft, ich sah ihm an, daß er Wiebkes Frage nicht beantworten wollte oder konnte, zumindest nicht in diesem Augenblick. Im Unterschied zu mir schien er diese Frage aber auch nicht als ungebührlich oder als tadelnswert zu empfinden, er war erstaunt und wohl auch traurig, daß ich Wiebke aufforderte, uns allein zu lassen. Sie muß gemerkt haben, wie enttäuscht ich von ihr war, wie ungehalten darüber, daß sie gegen unsere Abmachung verstoßen hatte, denn sie machte keinen Versuch, ihren Abgang zu verschleppen, sie gehorchte und winkte Arne versöhnlich zu. Es rührte mich – ja, ich kann nur sagen: es rührte mich, als Arne sich zu dem Log hinabbeugte und langsam das Stück Leine aufrollte und unvermutet fragte: Glaubst du, daß wir Freunde werden können? Was denn sonst, sagte ich, außerdem sind wir es schon.

So, Arne, kamst du zu uns, du mit deiner Sanftmut und Duldsamkeit, so begannen die gemeinsamen Jahre, in denen du uns oft genug ratlos machtest und mitunter daran zweifeln ließest, ob du jemals zu uns gehören könntest, einfach weil dir die Spielregeln und Wahrheiten, denen wir uns verpflichtet fühlten, nicht das bedeuteten, was sie uns bedeuteten.

An seinem Schritt erkannte ich ihn sofort, und für einen Augenblick überlegte ich, ob ich nicht zumindest das Log in den Karton legen sollte, zum Zeichen, daß ich bereits mit dem Einpacken des Nachlasses begonnen hatte, doch ich konnte mich einfach nicht entschließen und wandte mich zur Tür und erwartete meinen Vater. Er brachte mir das Foto. Er stand da mit dem vergrößerten und von ihm selbst gerahmten Foto des Küstenmotorschiffs »Albatros« und sah auf den leeren Karton und den leeren Koffer und sagte: Sehr weit bist du noch nicht gekommen. Nein, sagte ich. Er trat an die offenen Behältnisse und sagte: Wenn du so weitermachst, wirst du wohl die halbe Nacht brauchen. Kann sein, sagte ich, es ist ja auch allerhand zu sichten. So ist es, sagte er, es ist eine Menge zu sichten und zu bedenken; was nachbleibt, räumt man nicht mit dem Besen weg. Er lenkte meinen Blick auf das Foto, das eine Seitenansicht der »Albatros« zeigte, die in hartem Sonnenlicht an braunen Felsbuckeln vorbeilief. Das war ihr Schiff, sagte mein Vater, Arne hatte sich ein Foto zum Geburtstag gewünscht, es war nicht leicht, es zu beschaffen, ein schwedischer Frachtagent hat es mir besorgt. Ich stellte mich neben ihn, ich merkte, wie seine Hände leicht zitterten, die von Gichtknoten deformierten Finger, und sein Atem verriet mir, daß er an seinem Versteck mit dem Apfelschnaps nicht vorübergegangen war. Ein schönes Schiff, sagte ich, und er darauf: Nun kann ich's Arne nicht mehr geben. Mein Vater setzte sich auf Arnes Hocker, er wischte sich über die Augen und brannte sich seine Pfeife an, und dann fand er wieder zu dem Foto und sagte: Da läuft ihr Schiff durch den Oslofjord, ein Jahr darauf ist es gesunken, im Kattegat. Arne hat's mir erzählt, sagte ich, es war Sturm. Was heißt Sturm, sagte mein Vater, einen gewöhnlichen Sturm hätten sie gewiß abgeritten, es muß eine Grundsee gewesen sein, die das ganze Schiff unter Wasser drückte und es beim Auftauchen so anhob und zur Seite warf, daß es kenterte; nein, Hans, kein gewöhnlicher Sturm, denn den hätte Arnes Vater gemeistert.

Er war ein Seemann, von dem jeder nur lernen konnte; ich weiß, was ich sage, wir waren schon Freunde auf der Seefahrtsschule, wir sind gemeinsam auf der Bark »Elisabeth Schulte« gefahren, sein Patent hat er mit Auszeichnung gemacht; Hermann wußte, was er seinem Schiff zumuten durfte. Und dann fuhr sein suchender Finger über das Foto, stockte, klopfte leicht auf eine Stelle unter den Aufbauten der »Albatros«, und ich hörte, wie mein Vater mit schleppender Stimme sagte: Zwei Flöße und ein Rettungsboot, hier, weißt du, das hätte genug sein müssen, denn sie waren nur zu dritt an Bord, wenn sie ein wenig Zeit gehabt hätten, wären sie alle da herausgekommen, aber es brach wohl so plötzlich über sie herein, daß sie das Boot oder die Flöße nicht freibekommen konnten. Aber er, sagte ich, Arnes Vater hat es doch geschafft, er kam als einziger davon. Ja, sagte mein Vater, Hermann konnte sich retten, vermutlich hat sich eines der Flöße beim Untergang aus der Halterung losgerissen, und er bekam das Tau zu fassen, vermutlich. Dadurch, daß er seine Vermutung wiederholte, wollte er wohl zu verstehen geben, daß auch für ihn einiges im Ungewissen blieb, ein Rest, den er sich nicht erklären konnte. Er schüttelte den Kopf und streifte mich mit einem kummervollen Blick; dann stand er auf, mühsam, tastete nach der Wand, um sich abzustützen. Ein trockener Husten schüttelte ihn, und als wollte er ihn verwarnen, schlug er ein paarmal mit loser Faust gegen seine Brust. Tja, Hans, sagte er wie endgültig und war schon bereit, zu gehen, als er auf Arnes schmalem Bücherbord etwas entdeckte, das ihn anzog, eine dunkelblaue Broschüre, die er behutsam herauszog und aufschlug und gleich wieder zuklappte. Die kommt nicht zum Nachlaß, sagte er, diese Signalkunde gehört mir, ich hab sie Arne nur geliehen. Ich weiß, sagte ich, er hat's mir erzählt, er brauchte sie, um das Morse-Alphabet zu lernen; und während ich das sagte, mußte ich an den Morgen denken, an dem Arne beschloß, sich eine Signalkunde zu beschaffen, um das Morse-Alphabet zu lernen. Nach einer unruhigen Nacht – er schlug mit den Füßen, wimmerte, fragte mehrmals, ob ich noch da sei – war er darauf gekommen, und als ich wissen wollte, was er sich davon versprach, zuckte er nur die Achseln und sagte: Ich weiß es noch nicht, aber eines Tages, vielleicht wird es eines Tages nützlich sein. Und leise fügte er hinzu: Alles, was man weiß, kann eines Tages nützlich sein, nicht, Hans.

Mein Vater schien nicht erstaunt, als ich ihm sagte, daß Arne lediglich zwei Tage brauchte zur vollkommenen Beherrschung des Morse-Alphabets, zwei Tage, in denen er, nach seiner eigenen, oft erprobten Methode, Zeichen und Text mit den Augen fotografierte – er selbst nannte es so – und danach das Fotografierte einige Male still für sich beschrieb und kreuz und quer abfragte, bis er beliebig darüber verfügen konnte. So war es, sagte mein Vater, so war unser Arne, was er aufnahm, das ging nicht mehr verloren, das besaß er und trug es mit sich herum.

Bevor er mich allein ließ, vertiefte er sich noch einmal in den Anblick der »Albatros« und legte dann das Foto mit der Bemerkung in den Karton: Damit schon mal ein Anfang gemacht ist, für dich bleibt noch allerhand zu tun. Wie krumm und erschöpft er erschien gegen den hellen Hintergrund

der Tür, und wie angestrengt er sich nach der
gnalkunde bückte, die ihm dort aus der Hand gefallen war. Er ging ohne ein einziges Wort.

*bis Montag,
den 14. Juni*

Seine Decke, seine schottische Wolldecke legte ich
nicht in den Karton, sie hätte zuviel Platz einge-
nommen, ich faltete sie nur zusammen und ließ sie
auf dem Fußende seiner Koje liegen, in der Vor-
aussicht, daß noch andere sperrige oder übermäßig
viel Raum beanspruchende Gegenstände hinzukä-
men; die wollte ich zu einem Paket schnüren und
neben Koffer und Karton auf dem Boden abstel-
len. Unter dieser Decke, Arne – ich vermute, daß
sie von dem alten Unglücksschiff »Henriette Turner« stammte –, hörtest du endlich auf zu frieren;
wie oft hörte ich dich bibbern in der Nacht, wie oft
standest du am Morgen vor mir mit hochgezoge-
nen Schultern und aufgerauhter Haut, dennoch
brauchte ich eine Weile, bis du bereit warst, zuzugeben, daß dein Zudeck nicht genug wärmte – das
gleiche Zudeck, unter dem auch ich lag.

Wir gehen zu Pullnow, sagte ich, Pullnow hat
alles, und ich schleppte ihn zu unserem doppel-
stöckigen Verkaufslager, in dem, nach Verwen-
dungszweck geordnet und gestapelt, alles zu haben
war, was abgewrackte Schiffe hergaben. Mehrere
Autos parkten vor dem Lager, auch zwei Kleinla-
ster und altmodische Karren, und wie immer zur

Verkaufszeit war im Gebäude kaum ein Durch-
kommen, denn das schubste sich durch die Räume,
zerrte, beklopfte, grabbelte und stritt sich, wir
mußten einer Schiffskommode Platz machen,
mußten uns unter hochgehobenen Stühlen ducken
und einem Satz scheppernder Aluminiumtöpfe
ausweichen. Ich legte Arne einen Arm um die
Schulter und erzwang uns einen Zugang zur Treppe und zum offenen Büro des Lagerverwalters,
mehr als einmal angefunkelt und verwünscht.
Pullnow begrüßte uns knapp, aber freundlich, sein
wachsames Auge fand nicht von der Schar der
Kunden los, die unter Signalflaggen wühlten oder
einen Sextanten gegen das Fenster hielten oder
ausgedientes Regenzeug begutachteten. Na, ihr
beiden, sagte er, und als ich ihm Arne vorstellte,
lächelte er und sagte: Ich weiß, ich weiß, unser
Wunderkind, dein Vater hat's mir erzählt.

Der mächtige Mann bot uns von seinen Honig-
bonbons an, die auf dem Tisch lagen, und mißtrau-
isch seine Kunden beobachtend, wies er nun auf
ein Stück hin, das er unter dem Tisch aufbewahrte,
eine handgeschmiedete Fußfessel mit einer Eisenkugel. Seht euch das an, sagte er, das Ding war auf
der »Karuja« versteckt, die wir von Sachalin über-
führt haben, im Maschinenraum wurde es gefunden; ich hab's erst einmal reserviert. Solche
Schmuckstücke sind heute wohl nicht mehr in

Mode. Ist das eine richtige Fessel, fragte Arne. Eine richtige Fessel, bestätigte Pullnow, irgendwer hat sie mit sich geschleppt, hat damit gearbeitet, damit geschlafen, vielleicht ist er mit diesem Ding am Fuß gestorben, ich überleg mir noch, welch einen Preis ich dafür nehmen soll. Arne betastete die Fessel, er vermaß die kurze Kette, hob die Kugel an und schätzte ihr Gewicht, und danach legte er sie so behutsam ab, als befürchtete er, irgend jemandem weh zu tun.

Pullnow blinzelte mir zu und fragte: Seid ihr auf was Besonderes aus, und ich sagte, daß wir eine Decke kaufen wollten, eine schöne, warme Decke für Arne oder einen Schlafsack oder ein Fell. Da zog er uns mit sich zu einem Regal, in dem Bettzeug lagerte – Laken und Bezüge, und daneben Kissen und Wolldecken –, wie ein Schild versprach: alles gereinigt und desinfiziert. Ein dunkelhäutiger Mann, umringt von drei Kindern, stand vor dem Regal, auch er wollte eine Decke erwerben, und wie ich erkannte, hatte er bereits seine Wahl getroffen, denn er zerrte aus einem Stapel eine grüne, flauschige Decke hervor, vermutlich, um sie den Kindern zu zeigen; doch bevor er sie auseinanderfaltete, trat Pullnow neben ihn und sagte mit einem Anflug des Bedauerns, daß das ein unverkäufliches Stück sei oder doch ein reserviertes und bereits vergebenes Stück. Schon nahm Pullnow ihm die Dekke aus den Händen, hielt sie lang fallend Arne hin und versprach ihm, daß er unter diesem Stoff nie mehr frieren würde, die habe bereits einen alten Kapitän auf der Eismeer-Route gewärmt, außerdem sei sie so groß, daß man sie doppelt legen könne. Na, was meinst du? Ach, Arne, ich sehe noch, wie dein Blick hin und her ging, von dem dunkelhäutigen Mann, der verständnislos dastand, zu Pullnow, der dir seine beste Decke antrug, und ich sehe noch den Ausdruck von Unentschiedenheit auf deinem Gesicht, als du dich auf einmal abwandtest, einen Schritt zum Regal machtest und eine Hand über den Stapel gefalteter Decken gleiten ließest und innehieltest, als du die braune schottische Decke berührtest. Nachdenklich strichen deine Finger über den Stoff, erfühlten die Weichheit, fuhren über das dunkle, elastische Leder, mit dem die Decke eingefaßt war, und dann nicktest du und sahst Pullnow bittend an: Diese, ich möchte gern diese Decke haben. Obwohl der Lagerverwalter dir zuredete, auf sein Angebot einzugehen, bliebst du bei deiner Entscheidung und quittiertest den Empfang mit deiner Unterschrift, mit der ersten Unterschrift deines Lebens, so, wie Pullnow es haben wollte.

Arne warf sich die zusammengerollte Decke über die Schulter und ging mir voraus, zügig, ungeduldig, gerade so, als trüge er eine Beute heim.

Einmal, während er sich zu mir umwandte, trat er in eine Pfütze, er lachte nur, es machte ihm nichts aus. Auf der Treppe zu unserem Zimmer setzte er seine Schritte wie übermütig, wobei ein Ende der Decke gegen seinen Rücken schlappte. Erst nachdem er seine Erwerbung über die Koje gebreitet und glattgestrichen hatte, ging ihm auf, daß Pullnow uns nicht zur Kasse geschickt hatte; er fragte, was die Decke wohl kosten könnte, und schlug vor, sogleich zum Verkaufslager hinüberzugehen und den geforderten Preis zu bezahlen. Bevor ich ihm sagte, daß er selbstverständlich nichts zu bezahlen hätte, da ein Wort meines Vaters genügte, fragte ich ihn nur aus Neugierde, ob er denn Geld genug hätte, worauf er schweigend das Eckschränkchen öffnete, schweigend hineinlangte, in einem Augenblick fand, was er suchte, und mir sein aufgeschlagenes Sparbuch hinhielt. Arne besaß achthundertundvierzig Mark. Offenbar konnte ich mein Erstaunen nicht verbergen, er bemerkte es, er freute sich darüber, mich überrascht zu haben, und dann erzählte er, daß seine Großmutter das Sparbuch für ihn angelegt habe, als er zehn geworden war, und später fast regelmäßig für ihn einzahlte, einmal habe er auch beim Prämiensparen zweihundert Mark gewonnen, seine teuerste Anschaffung sei das finnische Wörterbuch gewesen.

Sein Anvertrauen rührte mich, er empfand nicht

das Bedürfnis, ein Geheimnis zu besitzen, es zu hüten, vielmehr lag ihm daran, mich einzuweihen in alles, was ihn betraf und ausmachte – zumindest am Anfang unseres Zusammenlebens. Und während er mich auf die Einzahlungen in seinem Sparbuch hinwies, erzählte er, daß seine Großmutter, die in einem Altersheim in Bremen lebte, nicht aufgehört hatte, ihm dann und wann Geldbeträge zu schicken, meist waren es zwanzig Mark. Auf den Postabschnitt schrieb sie immer nur einen einzigen Satz, eine Ermahnung, eine Bitte: Paß gut auf dich auf, Arne. Bevor er sein Sparbuch in das Eckschränkchen zurücklegte, forderte er mir ein Versprechen ab, ich mußte versprechen, es ihm zuerst zu sagen, wenn ich Geld brauchte. Wir gaben uns die Hand.

Was sich alles bei ihm angesammelt, gehäuft, was er des Aufhebens für wert befunden hatte! Als Arne zu uns kam, genügten ein Karton und ein Koffer und ein Beutel und dieser Kinderrucksack, um seinen gesamten Besitz unterzubringen, doch beim Zusammenpacken seines Nachlasses zeigte es sich bald, daß diese Behältnisse nicht würden aufnehmen können, was sich nach und nach und fast unbemerkt in den Jahren vermehrt hatte. Von den unscheinbarsten Dingen konnte er sich nicht trennen, vielleicht glaubte er, sie eines Tages gebrauchen zu können, vielleicht wollte er sie auch nur behalten, damit sie einmal seiner Erinnerung dienten – an Erlebnisse, die ihm etwas bedeuteten, an Leute, denen er etwas verdankte. Ich fand jedenfalls nicht heraus, warum er ein armlanges Stück Manila-Tau aufbewahrt hatte und ein Springmesser, dessen Klinge gebrochen war, und eine bemalte Kalebasse, deren Farben verblaßt waren; dies und manches andere legte ich in den Karton, wie ich denn alles, was unverhältnismäßig viel Raum beanspruchte oder von nicht feststellbarem Wert war, zunächst in den Karton versenkte.

Seine Zeugnisse, die ich gern noch einmal gelesen hätte – ohne Zweifel die besten Zeugnisse, die ein Schüler unserer Schule in seinen Jahren nach Hause brachte –, konnte ich nicht finden, offenbar hatte er sie alle seiner Großmutter geschickt, zur Aufbewahrung oder zur Kenntnisnahme, keineswegs aber in der Erwartung, sonderlich belobigt zu werden oder gar eine Geldprämie zu erhalten. Was er ihr jedoch nicht geschickt hatte, das war die Preis-Urkunde, er hatte sie zusammengefaltet und in ein Schreibheft gelegt, die handgeschriebene Urkunde, die bestätigte, daß Arne in einem Aufsatzwettbewerb, an dem alle Schüler teilnehmen durften, den zweiten Preis gewonnen hatte. Ich strich die Urkunde glatt und legte sie in sein Köfferchen und beschwerte sie mit mehreren Heften, auch mit dem Heft, Arne, das deinen Aufsatz enthielt, deine preisgekrönte Arbeit, die mir auch deshalb so vertraut ist, weil ich sie bei der Schulfeier für dich vorlesen mußte, zumindest den letzten Teil.

Wir alle waren damals dabei, sogar meine Eltern, die Arnes Klassenlehrer Lungwitz brieflich eingeladen hatte, der Preisverleihung beizuwohnen, ich erwartete die Alten, die ihr bestes Zeug trugen, am Eingang zum Schulhof, ich machte sie im Vorübergehen mit einigen Lehrern bekannt und führte sie in unsere Aula, die zwar nicht geschmückt, doch gelüftet war. Herr Duddek, der Schuldirektor, begrüßte uns und begleitete uns zu reservierten Plätzen in der ersten Reihe, in der bereits einige Elternpaare saßen, die uns interessiert musterten und uns mit wissendem Lächeln zu verstehen gaben, daß uns die gleiche Erwartung, die gleiche Genugtuung verband. Arne durfte zwischen meinen Eltern sitzen, ich saß neben meiner Mutter, Wiebke und Lars saßen hinter uns in der zweiten Reihe. Während die Schüler durch die beiden Eingänge hereinströmten, sich schubsend und balgend in die Sitzreihen klemmten, kam Herr Wallner nach vorn, unser Lateinlehrer, er faßte Arne flüchtig unters Kinn und gab dann meinen Eltern die Hand und sagte: Wie schön, daß ich Sie mal kennenlerne; und als müßte er dies Bekenntnis begründen, ließ er durchblicken, welch eine Freude es für ihn sei, Arne als Schüler zu haben; obwohl er ihn erst wenige Monate unterrichte, könne er bereits sagen, daß er von Arne mehr als das Übliche erwarte. Und scherzhaft fügte er hinzu: Vielleicht wird auch er einmal Latein unterrichten.

Nachdem der gemischte Schulchor uns mit zwei Frühlingsliedern eingestimmt hatte und mit nur mäßigem Beifall verabschiedet worden war, sprach Herr Duddek, er begrüßte die Eltern der Schüler, sprach über die Absichten des Aufsatz-Wettbewerbs, über den Versuch, Sehen zu lernen und das Gesehene so wiederzugeben, daß es konzentriert und gesteigert zum Ausdruck komme und ein wenig über sich hinausweise. Das Thema, erklärte er, habe sich wie von selbst ergeben, wenn die ganze Stadt im Zeichen des Hafengeburtstags stehe, liege es doch nahe, das Ereignis auch im Aufsatz zu behandeln – er sagte: behandeln. Einstimmig habe sich das Kollegium daher für das Thema »Hafengeburtstag« entschieden; das Ergebnis sei mehr als zufriedenstellend. Und dann bat er Christa Matern aufs Podium, um ihr den ersten Preis zu überreichen, und Christa, das schönste Mädchen meiner Klasse, schlenderte, von Pfiffen und Johlen und Händeklatschen der Schüler begleitet, zu ihm und winkte einmal in die Zuhörerschaft, ehe sie sich unserem Direktor zuwandte. Mit einer knappen Kopfbewegung warf sie ihr Haar nach hinten, nahm lächelnd die Urkunde in Empfang und stieg auf das Pult, um, wie ausgemacht, ihren Aufsatz vorzulesen. Sie hatte ihn »Ein Fest fürs Auge« genannt – Windjammer paradierten, alles am Strom hatte über die Toppen geflaggt, Segel lösten sich im Abendrot auf –, doch sie las so mühsam, so stockend, als hätte sie einen fremden, nur schwer entzifferbaren Text vor sich, und es dauerte nicht lange, da flüsterte Lars hinter mir: Nu mach schon, wir wollen noch was anderes hören. Trotz ihrer mäßigen Vorlesung erhielt sie frenetischen Beifall, und sie durfte sich auf einen der drei Stühle setzen, die für die Preisträger auf das Podium gebracht worden waren.

Als Arne aufgerufen wurde, zog meine Mutter ihm noch rasch den Pullover zurecht und nickte ihm zu, und mein Vater ermahnte ihn leise: Ganz langsam sprechen, klar? Unter eher schütterem Beifall nahm er seine Urkunde entgegen, wobei er einmal zu mir hinblickte, trat dann zu Christa und gratulierte ihr, verbeugte sich tatsächlich vor der Zuhörerschaft und stieg zum Pult hinauf. Wurde eben noch in den hinteren Reihen getuschelt, gescharrt, gelacht, so trat nach Arnes ersten, offenbar auswendig gesprochenen Sätzen Stille ein. Er trug seinen Aufsatz »Im Häuschen des Kranführers«

vor, mit einer hellen, klaren Stimme, die alle erreichte, und mit einer Sicherheit, die ich ihm nicht zugetraut hatte, denn wenn wir allein in unserem Zimmer sprachen, war seiner Stimme immer noch Zaghaftigkeit anzuhören und Scheu und Gedämpftheit.

Von hoch oben, aus der gläsernen Kanzel des Kranführers, schilderte er den Hafengeburtstag; ohne Übergänge und schroffe Wendungen gab er die Eindrücke einer Doppelansicht wieder: Zuerst blickte er weithin zum Strom hinüber, zu den festlich bewimpelten Docks und Brücken und kreuzenden Fährschiffen, danach schaute er hinab auf die schwarzen Dalben bei uns, zwischen denen die ausgeweidete »Famagusta« lag, oder doch die Bordwände des abgewrackten Seelenverkäufers. An einem fernen Ausrüstungskai ließ er einen weißen schnellen Bananendampfer wie ein Schneegebirge aufglänzen, auf dem sich Geburtstagsgäste drängten; in seiner unmittelbaren Nähe setzte der Kran ein ölverschmiertes Motorenfundament an Land. Wie erlebbar er alles vors Auge brachte. Er ließ Böllerschüsse über den Strom hallen, Schiffssirenen ertönen, in die sich die jaulenden Signale von Kriegsschiffen mischten, und in diesem akustischen Toben versammelte er die Hafenbarkassen zu der traditionellen Wettfahrt. Bei Arne mahlte, tuckerte und orgelte es und verlangte mit Hornrufen Platz, Platz für den Schnelleren, den Stärkeren, so lange, bis die bullige Herde, von sprühenden Schleiern überzogen, die Ziellinie erreicht hatte. Und dann lenkte er die Aufmerksamkeit auf einen bei uns liegenden, von Rostflecken gesprenkelten Küstenschoner, auf dem Männer in Overalls die an den Aufbauten befestigten Rettungsflöße aus den Verzurrungen lösten, sie zur Reling schleppten und über Bord warfen. Die Männer lachten, wenn die Flöße ins Wasser klatschten und der Mann in der Pinasse, der sie zusammenbinden und an Land bringen sollte, seine Spritzer abbekam. Weiter las Arne nicht.

Bis hierher war er gekommen, als er plötzlich innehielt, sein Gesicht hob und wie unter einem Schauer zusammenfuhr. Er lächelte gequält. Er zitterte. Er schien zu schwanken. Ich glaubte zu erkennen, daß er Schwierigkeiten beim Atmen hatte, denn seine Halsmuskeln traten hervor und seine Lippen bewegten sich schnappend. Offenbar fürchtete er, zu fallen, denn er packte mit beiden Händen den Rand des Katheders. Ein Laut der Bestürzung lief durch die ersten Reihen, während hinten, unter den jüngeren Schülern eine Art von belustigter Unruhe entstand. Ach, Arne, ich weiß noch, wie du hilfesuchend zu mir herabsahst und gar nicht zu bemerken schienst, daß Herr Duddek auf dich einsprach und seinen Arm um deine

Schulter legte, du behieltest nur mich in deinem Blick, aus dem ich deine Ratlosigkeit herauslas und deine dringende, verzweifelte Bitte, und als meine Mutter mich anstieß und sagte: Du mußt ihm wohl helfen, Hans, stieg ich zu dir hinauf und führte dich runter auf deinen Platz zwischen meinen Eltern. Die beklopften dich gleich anerkennend, wischten dir übers Haar und flüsterten dir etwas zu; ich aber stieg noch einmal zum Katheder hinauf und ließ mir von Herrn Duddek die Erlaubnis geben, den Schluß deines Aufsatzes vorzulesen. Und unter spürbar nachlassender Aufmerksamkeit der Zuhörer las ich den Schluß. Ich ließ mit Arnes Worten die »USS Eagle« erscheinen, die dem Hafen ihren Geburtstagsgruß überbracht hatte, hoch, nein, höher noch als der Kran ragten Brücke und Leitstand des Flugzeugträgers über die Fruchtschuppen hinaus, Matrosen in Weiß standen in Spalierposition, Flugzeuge mit hochgeklappten Tragflächen, monströsen Insekten gleich, waren auf dem Deck aufgereiht, und der Träger pflügte langsam und unwiderstehlich elbabwärts, verabschiedet von tausend winkenden Besuchern an den Ufern. Zuletzt wandte Arne sich unserem Fallturm zu, in dem die schwere Eisenkugel immer wieder herabsauste und mit der Gewalt ihres Gewichts ausgesuchte sperrige Metallteile der »Famagusta« behämmerte und zurechtschlug zu transportablen Lasten, denen, wenn sie verladen wurden, niemand mehr ansehen konnte, daß sie einst zu einem Schiff gehörten, mit dem die Hoffnung übers Meer reiste.

Ich achtete nicht auf Beifall – vermutlich äußerte er sich dünn und verlegen und lediglich in der ersten Reihe, in der die Erwachsenen saßen –, ich ergriff die ausgestreckte Hand unseres Direktors, der mir dankte, nahm Arnes Heft und Preis-Urkunde und sprang zu meinen Leuten hinab. Lungwitz stand bereits bei ihnen, Arnes Klassenlehrer hatte sich schon mit meinen Eltern verständigt, und bevor ich mich setzte, lenkte er uns zur Tür, nur Lars und Wiebke, die unentwegt tuschelten, blieben zurück. Er lenkte uns über den Korridor und öffnete die Tür zum Lehrerzimmer, der magere, gebeugte Mann führte Arne zu einem mächtigen altmodischen Sessel, drückte ihn dort hinein und sah ihm forschend in die Augen und fühlte ihm den Puls; dann holte er ein Glas Wasser und ließ ihn trinken. Meine Mutter strich Arne über die Stirn. Fieber hat er nicht, sagte sie. Ich trat näher an ihn heran, und als sein Blick mich fand, sagte ich: Von mir, Arne, von mir hättest du den ersten Preis bekommen, darauf kannst du dich verlassen. Er sah mich eine Weile ausdruckslos an, und nachdem ich mein Bekenntnis wiederholt hatte, lächelte er und versuchte sich aufzurichten, wobei Lungwitz ihm half. Geht's wieder, fragte mein Vater, und Arne darauf: Wo ist die Urkunde? Ich zeigte ihm Urkunde und Aufsatzheft und schlug ihm vor, beides vorerst bei mir zu behalten, auf unserem Zimmer sollte er es bekommen. Er war einverstanden.

Erst als Arne zur Toilette ging, forderte Lungwitz uns auf, Platz zu nehmen, er bedauerte, uns im Lehrerzimmer nichts anbieten zu können, keinen Kaffee, keinen Saft, er fand zwar in einem Wandschrank einen Teller mit Keksen, doch die wollte er nicht auf den Tisch bringen. Er starrte auf den Sessel, in dem Arne gesessen hatte, und als müßte er sich gegen einen aufkommenden Gedanken wehren, schüttelte er den Kopf und fragte leise: Wird er drüber hinwegkommen? Er wird's schon schaffen, sagte mein Vater, und fuhr nach einer Pause langsamer sprechend fort: Es wird seine Zeit dauern, kann sein, daß es Jahre braucht, aber er wird freikommen. Das hoffen wir zumindest. Wie ich erfahren habe, sagte Lungwitz, waren Sie mit Arnes Vater befreundet. So ist es, sagte mein Vater, wir waren schon auf der Seefahrtsschule Freunde, wir sprachen über manches, doch nie über seine Verzweiflung; was ihn zu diesem Schritt veranlaßt hat: ich weiß es nicht. Lungwitz nickte und sagte: Daß Sie den Jungen zu sich genommen haben, verdient jede Anerkennung, Besseres konnte ihm nicht geschehen nach diesem Unglück. Für uns gibt's Dinge, die sind nur selbstverständlich, sagte mein Vater und fragte dann besorgt, ob so etwas wie in der Aula schon einmal geschehen sei, solch eine Veränderung, solch ein Ausfall, der einen annehmen lassen konnte, daß Arne nicht mehr bei sich selbst sei. Lungwitz bestätigte es; er sagte – und ich merkte ihm an, daß er meine Eltern beschwichtigen wollte –, hin und wieder ist es mal vorgekommen, wenn er aufgerufen wurde zum Beispiel, wenn die ganze Klasse sich auf seine Antwort spitzte, wenn alle ihn anstarrten, hat es schon mal solch einen Ausfall gegeben, aber er fand sich bald wieder, das Zittern hörte auf, er konnte wieder frei atmen. Meine Mutter, die es mit Erleichterung hörte, fragte, wie Arne in der Klasse zurechtkomme, ob er das Pensum schaffe; sie wisse, daß er mit Ausdauer an seinen Schularbeiten sitze, aber das heißt ja noch nicht, daß er dem Unterricht folgen könne. Da können Sie beruhigt sein, sagte Lungwitz, Arne kommt nicht nur zurecht, sondern ist seiner Klasse voraus, so weit voraus, daß ich den Vorschlag gemacht habe, ihn höher einzustufen; wenn nicht zwei Klassen, so sollte er doch zumindest eine überspringen; bis auf Sport sind seine Leistungen mehr als überdurchschnittlich.

Lungwitz machte eine Pause, bedachte sich, und

dann wies er, von dem gesagt wurde, daß er in vier Sprachen zuhause sei, meine Eltern auf Arnes außergewöhnliches Talent für fremde Sprachen hin, ein Talent, das gefördert und gefordert werden müsse. Er sagte: Im Kollegium sind wir uns einig, daß Arne eine Ausnahme ist, die ein eigenes Programm verdient, ein Sonderprogramm. Da wir hier aber keine entsprechende Schule für ihn und seinesgleichen haben, überlegen wir, ob wir nicht einen Leistungskurs einrichten sollten. Unterfordert zu sein – ich habe es feststellen müssen –, birgt Probleme eigener Art. Wenn Arne höher eingestuft wird, sagte meine Mutter, kommt er vielleicht in Wiebkes Klasse, das wäre für beide gut, oder was meinst du, Hans? Zumindest hätten sie denselben Stundenplan, sagte ich.

Als Arne zurückkam, wirkte er frei und unbeschwert, er war auch nicht mehr so blaß wie nach seiner Lesung, anscheinend hatte er sich das Gesicht gewaschen, wobei sein Hemd ein paar Spritzer abbekommen hatte; daß er geweint hatte, konnte er mir nicht verbergen. Er war begeistert, als er erfuhr, daß Lungwitz erwog, mit seiner ganzen Klasse zu uns herauszukommen, um den Schülern einen Einblick in die Arbeitswelt einer Abwrackwerft zu verschaffen, und er entschied auch gleich: Du mußt uns überall herumführen, Hans, es wird bestimmt interessanter als in der Sortierabteilung der Post oder in der Stadtbäckerei, wo wir im letzten Monat waren. Vielleicht solltest du deine Klassenkameraden herumführen, sagte mein Vater zu Arne, inzwischen kennst du ja alles, weißt, was mit den ausgedienten Schiffen geschieht, hast in alle Werkstätten geguckt, bist selbst ein kleiner Abwracker geworden. Hans weiß mehr, sagte Arne. Also werde ich es machen, sagte mein Vater und versicherte Lungwitz, daß er mit seiner Klasse willkommen sei. Sie machten auch gleich einen Tag aus und hofften beide auf gutes Wetter.

An dem Stimmengewirr, dem Getrappel auf dem Korridor erkannten wir, daß die Feier in der Aula vorbei war, Arne drängte hinaus, nicht zuletzt, um zu erfahren, wer den dritten Preis bekommen hatte, doch meine Mutter hielt ihn davon ab, sie war dafür, Arne erst einmal nach Hause zu bringen. Herr Lungwitz teilte ihre Meinung und bot sich an, uns zum Parkplatz neben dem Schulhof zu begleiten. Ach, Arne, wie sie erstarrten, verstummten, hinter deinem Rücken zu tuscheln begannen, als wir uns, dein Klassenlehrer voran, durch den belebten Korridor bewegten, auch wenn es nur die Jüngeren waren, die sich anstießen und kicherten: es schmerzte mich, und ich war nahe daran, zwei am Genick zu packen und ihre Köpfe gegeneinanderzuschlagen. Und wie ironisch ihr Beifall, ihre Pfiffe klangen, als plötzlich

Christa Matern auf dich zutrat und einen schnellen Kuß an deiner Wange abstreifte! Noch mehr aber schmerzte mich, als wir unten auf dem Schulhof auf Lars und Wiebke und Brunswik und ein paar andere Freunde stießen, sie standen in einer fröhlichen Gruppe da, Brunswik, der große Imitator, imitierte die Sprechweise unseres Direktors, ihr Gelächter wirkte so anziehend, daß wir verhielten und hinzutreten wollten, doch sie erkannten unsere Absicht und gingen wie auf ein Signal auseinander. Vermutlich bedurfte es nicht einmal eines Wortes, einer Geste, ein Aufseufzen genügte ihnen, um sich zu zerstreuen. Ich wollte sie zurückrufen, Lars und Wiebke zumindest, wollte sie auffordern, Arne zu gratulieren, aber da Herr Lungwitz ihn bereits mit sich gezogen hatte und im Gehen vertraulich auf ihn einsprach, unterließ ich es und verschob es auf später. Bevor er zu meinem Vater in den alten Mercedes-Diesel stieg, verlangte Arne seine Urkunde und das Aufsatzheft. Er durfte vorn sitzen, meine Mutter saß hinten. Herr Lungwitz wiederholte noch einmal das Datum für den verabredeten Klassenbesuch, dann fuhren sie nach Hause, und dein Lehrer und ich gingen langsam zur Schule zurück. Zuerst dachte ich, daß wir den ganzen Weg über schweigen würden, denn er wirkte verschlossen. Auf seinem ausgezehrten Gesicht lag ein grüblerischer Ausdruck, aber vor der

Plastik, die einen stakenden Fährmann darstellte, blieb er unvermutet stehen und sah mich an und fragte: Spricht er mit Ihnen, Hans? Spricht Arne über das Unglück? Sie brauchen mir nicht zu antworten, ich verstehe, wenn Sie sich nicht äußern wollen. Wir sprechen nicht über das Unglück, sagte ich, wir haben zu Hause abgemacht, ihm keine Fragen zu stellen. Mitunter möchte ich es, weil ich glaube, daß es ihm helfen könnte, nachts, wenn er aufwacht und sich ängstigt und ins Kissen weint, aber dann denke ich an unsere Abmachung und bin still, und es dauert ja auch nicht lange, bis Arne wieder einschläft. Herr Lungwitz wandte sich wieder der Schule zu und sagte etwas, das mich nicht allein froh machte, sondern auch begreifen ließ, daß eine Aufgabe auf mich wartete: Es ist gut, Hans, daß Arne Sie hat.

Nicht ein einziges Mal, solange wir beide in diesem Zimmer wohnten, hat Arne heimlich in meinen Sachen gestöbert, er öffnete keine Schublade, kein Heft, ließ meine kleine Schiffstruhe unberührt und verletzte, obwohl es immer auf meinem Klapptisch lag, niemals das Geheimnis meines Tagebuchs, das ich bald nach seiner Ankunft zu schreiben begonnen hatte, wenn auch nur für kurze Zeit. Es war nicht nötig, ihn darauf hinzuweisen oder es von ihm zu erbitten oder ihm beizubringen, daß, wenn man so nah zusammenlebt, jeder ein bescheidenes Reich für sich haben müßte, eine Schutzzone – für Arne war das selbstverständlich, und so, wie er sich an diese unausgesprochene Abmachung hielt, so tat auch ich es. Um so spürbarer setzte mir mein schlechtes Gewissen zu, beim Sichten und Ordnen seines Nachlasses hatte ich mitunter das Gefühl, gegen dies Gesetz unserer Freundschaft zu verstoßen und kam mir bei mancher Berührung mit den Dingen, die er für alle Fälle aufgehoben hatte, wie ein Eindringling in seine Welt, seine Träume, seine verborgenen Hoffnungen vor.

In der braunen Plastikschale lagen das Lineal und die Bleistifte und das Radiergummi, und obenauf lag der Zirkel, den ich einst Wiebke geschenkt hatte und den sie, wie sie mir später gestand, an Arne weitergeschenkt hatte, »weil ihr nichts anderes einfiel«. Sie war krank damals, lag mit einer Grippe, die wir in verläßlicher Familienstafette einander übergeben hatten; Wiebke war die Letzte, war die Ungeduldigste. Auf Arnes Besuch war sie nicht vorbereitet, sie schlief, wie sie mir erzählte, und erwachte, weil sie im Schlaf die Anwesenheit eines Besuchers spürte, der nur stand und sie fortwährend ansah. Zuerst warf sie ihm vor, sich ohne anzuklopfen eingeschlichen zu haben, dann bot sie ihm einen Hocker an und wartete auf

Neuigkeiten, zweifellos über Peter Brunswik. Arne hörte nicht auf, sie unentwegt anzustarren, angeblich mit einem seltsamen, jedenfalls veränderten Blick, und sie empfand es als sonderbar, als er sie plötzlich fragte, ob er ihre Stirn berühren dürfte. Sie will darauf gesagt haben: Du bist doch nicht meine Mutter, aber schließlich war sie einverstanden, und Arne legte seine Hand auf ihre Stirn und ließ sie dort ruhen, bis Wiebke feststellte: Das dürfte wohl genügen.

Keinem von uns entging es, wie gern du Wiebke hattest, wieviel dir daran lag, ihre besondere Freundschaft oder Zuneigung zu besitzen, und ihr entging es auch nicht und vielleicht am allerwenigsten, denn schließlich konnte sie nicht übersehen, wieviel du ihr zu Gefallen tatest und wie sehr du darauf wartetest, ein Zeichen der Freundschaft oder auch nur der Sympathie zu erhalten. Ja, Arne, sie war sich deiner Aufmerksamkeit sicher und deiner Bereitschaft, auf ihre Wünsche und Erwartungen einzugehen, sie war es nicht zuletzt an jenem Nachmittag, als du an ihrem Bett saßest und darum batest, sie zu berühren, einmal nur die Hand auf ihre Stirn legen zu dürfen. Da wußte sie, daß du ihr nichts abschlagen würdest, und sie fragte dich zum zweiten Mal, wie das Unglück bei euch zuhause geschah und ob du dich noch an die Zeit erinnern könntest, als du tot warst. Wer weiß, wie lange, wie tief es sie beschäftigt hatte, ihre Wißbegier war so groß, daß sie nicht zögerte, das Versprechen zu brechen, das wir einander gegeben hatten. Sie war enttäuscht; das, was sie von Arne erfuhr, war so dürftig, so nichtssagend, daß sie es kaum glauben wollte, denn sie erfuhr nur so viel:

An jenem Tag war Arne wie immer mit dem Schulbus nach Hause gekommen, setzte sich wie immer gleich nach dem Essen an seine Schularbeiten, danach mußte er unbedingt in den Hafen, wo vier russische Fischdampfer festgemacht hatten, alle ausgerüstet mit nie gesehenen Radaranlagen. Er wollte dort – was er oft tat und bis zuletzt nicht aufgab – mit den Matrosen sprechen oder doch nur hören, wie sie miteinander sprachen, fremde Sprachlaute interessierten ihn, begeisterten ihn, aber er durfte die Fischdampfer nicht betreten. Zu Hause sah er zu, wie seine älteste Schwester Plätzchen backte, beim Ausstechen aus dem flachen Teig half er ihr, brachte Sterne, Kleeblätter und Hasen aufs Blech. Beim Abendbrot waren sie alle zusammen, Arnes Vater lächelte über die russischen Fischdampfer und wollte wissen, daß die weniger im Meer als im Weltraum fischten, was diese Fischdampfer nach Hause brachten, konnte man nicht essen. Nach dem Abendbrot ging Arne in sein Zimmer und las im Bett sein damaliges Lieblingsbuch »Die Leute von Seldwyla« und schlief bald ein. Als er aufwachte, beugte sich ein fremdes, freundliches Gesicht über ihn, und er hörte geflüsterte Worte, die er aber nicht verstehen konnte.

Das war schon alles, was Wiebke erfuhr, was Arne ihr anvertraute als Beweis seiner Zuneigung, und da sie es nicht für sich behalten konnte, schlich sie zu mir – sie war noch krank, sollte das Bett nicht verlassen – und erzählte mir, was sie wußte. Im Schneidersitz, nur im Schlafanzug, hockte sie auf meinem marokkanischen Sitzkissen und sah mich bei ihrer Erzählung gespannt an, vermutlich erwartete sie, daß ich die gleiche Enttäuschung zeigen würde, die sie empfand – und sie war enttäuscht über den Inhalt von Arnes Erzählung, schon ihrer Stimme war es anzumerken.

Ich erinnerte sie daran, was wir alle uns vor Arnes Ankunft versprochen hatten und warf ihr vor, dies Versprechen gebrochen zu haben; obwohl sie krank war, bekam sie zu hören, was sie durch ihren Wortbruch verdient hatte, jedenfalls ließ ich sie meine ganze Erbitterung spüren, und sie wurde nicht nur nachdenklich, sondern war auch nahe daran, zu weinen. Aber auf einmal – und es überraschte mich nicht – begann sie sich zu verteidigen, Wiebke war niemals bereit, einen Vorwurf endgültig hinzunehmen oder eine eigene Schuld anzuerkennen, sie wies meine Anklage zurück und sagte plötzlich: Hör auf, hör doch endlich auf, ich kenne

Arne besser als ihr alle zusammen. Ihr wollt, daß er nicht ausgefragt wird, daß wir einen Bogen machen um sein Unglück, aber du kannst mir glauben: Er ist nicht einmal erstaunt, wenn du ihn danach fragst, er sitzt ganz ruhig da und erzählt alles, was er weiß, was er noch weiß, und danach sieht er dich an, als wollte er dir danken, fürs Zuhören danken. Nachdem Wiebke sich mit diesen Worten gerechtfertigt hatte, erwartete sie wohl meinen Einspruch, meine abermalige Zurechtweisung, aber ich wollte nicht mit ihr streiten, ich riet ihr, sofort wieder ins Bett zu gehen. Sie gehorchte. Sie tappte zur Tür, und bevor sie verschwand, brachte sie mir noch bei, daß sie Arne den Zirkel vermacht hatte, mein Geschenk. Angeblich hatte Arne sie um etwas gebeten, um etwas Kleines, Persönliches, und weil ihr nichts anderes einfiel und sie auf den ersten Blick nichts anderes fand, hatte sie ihm den Zirkel geschenkt. Und um sich vorbeugend zu rechtfertigen, sagte sie: Ich hab ja das große Etui, in dem alles drin ist.

Das Nachtglas, das er allabendlich benutzte, um den Werftplatz und die Fruchtschuppen abzusuchen und die Lichter aufkommender Schiffe auf der Elbe zu beobachten, stammte von dem ausgedienten lettischen Getreidefrachter, der »Makarow«. Ach, Arne, ich weiß noch, wie sie zu uns hereingeschleppt und festgemacht wurde, fertig zum Abwracken, und ich sehe dich noch allein auf unserer Holzbrücke stehen und dem Dingi nachblicken, das Lars gemächlich zur »Makarow« hinausruderte. Er war nicht allein im Dingi, Wiebke und Peter Brunswik saßen bei ihm, und im Bug kauerte Olaf Dolz, der schon zweimal aus unserem Wasserarm gerettet werden mußte, einmal im Winter. Dämmerung fiel, und ich wußte, worauf sie aus waren, als sie geradewegs auf das Fallreep zusteuerten und die träge gleitende Bewegung des Bootes dort abfingen.

Arne hörte mich nicht kommen, ich legte ihm eine Hand auf die Schulter, und er zuckte zusammen und wollte sich wegducken; ich beruhigte ihn und zog ihn nieder. Wir ließen die Füße baumeln, saßen dicht nebeneinander und beobachteten, wie sie draußen das Dingi festbanden, hinauskletterten und, nur noch schwach erkennbar gegen die schwarze Bordwand, zum Deck hinaufstiegen. Nachdem sie verschwunden waren, fragte ich Arne: Wolltest du nicht mit ihnen an Bord gehen? Doch, sagte er leise, ich wollte es, aber sie wollten mich nicht mitnehmen, Lars nicht und Peter Brunswik nicht, sie meinten, sie könnten mich nicht gebrauchen. Er senkte sein Gesicht, ich sah, wie sehr ihn die Zurückweisung der anderen bedrückte, und nicht nur dies: Ich wußte, daß er darunter litt, immer wieder ausgeschlossen zu werden von ihren gemeinsamen Unternehmungen, sie wollten ihn nicht aufnehmen in ihrem Bund, ihrer Clique, sie wollten es nicht. Ich hatte nicht vorgehabt, den alten Getreidefrachter zu inspizieren, doch beim Anblick des huschenden Lichts auf seiner Brücke stand ich auf, zog das vertäute Schlauchboot heran und stieß Arne an und sagte: Komm, los, und er zögerte nicht einen Augenblick und stieg ein. Bevor wir abstießen, öffnete ich den Materialkasten auf dem Anleger, holte ein Tau heraus, eine Taschenlampe, vergaß nicht die Schwimmweste für ihn, dann paddelten wir hinaus. Ich führte das Paddel.

Wildenten, die in lockerer Formation auf dem Wasser ruhten, erhoben sich, strichen knapp über uns hinweg, landeten zischend, mit aufschäumender Spur, nicht weit entfernt. Als wir neben dem Dingi festmachten, wollte Arne im Schlauchboot bleiben und auf mich warten, er fürchtete, daß die anderen es ihm übelnehmen könnten, gegen ihren Wunsch an Bord gekommen zu sein; er sagte: Sie werden sich bestimmt nicht freuen, Hans, wenn ich auf einmal da bin, doch ich konnte ihm seine Befürchtung ausreden und ließ ihn vor mir emporklettern. Von den anderen war nichts zu hören. Wir flitzten über das Deck, fanden den Niedergang, tauchten hinab in das Innere der »Makarow«, Arne immer dicht hinter mir, immer darauf bedacht, mich nicht zu verlieren. Ich ließ den Lichtkegel über Wände und Schotts und den verdreckten Boden eines Frachtraums wandern, hier war nichts zu holen. Die Kälte, die uns anwehte. Der Ölgeruch. Das Gurgeln des Wassers, das noch durch die Schiffswand zu hören war. Irgendwo tropfte es, hatte es immer getropft, würde es bis zum letzten Tag der »Makarow« tropfen. Ich stieß eine Blechkanne um, die mit Getöse bis zum Wellentunnel hinabfiel, ich erfaßte mit dem huschenden Licht einen ölverschmierten Overall, der vergessen an einer Leitung hing, steif wie ein Erhängter.

Los, Arne, komm, sagte ich, und ich behielt jetzt seine Hand, die mich gesucht hatte, in der meinen und zog ihn fort, zog ihn zur Brücke hinauf, wo wir zuerst den Funkraum durchsuchten und dann die Kombüse. In dem altmodischen Herd, den Arne nur beiläufig inspizierte, entdeckte er das in Ölpapier eingewickelte Nachtglas. Ungläubig hielt er es mir hin: Sieh mal, Hans, das war hier versteckt. Vermutlich wollte es jemand auf die Seite bringen, sagte ich und gratulierte ihm zu seinem Fund und schlug ihm vor, an Deck zu gehen, um die Schärfe des Glases auszuprobieren. Er war sogleich einverstanden. Er hängte sich das Glas vor die Brust. An der Reling hob er es an die Augen und richtete es auf die Aufbauten eines mächtigen, im Dock liegenden Kreuzfahrtschiffes, das von starken Lampen erhellt war, und stoßweise und erregt und begeistert erzählte er, was er sah: Sie heißt »Santa Lucia«, Hans … Arbeiter auf der Brücke … Der Schornstein, die Verkleidung … Guck mal. Er reichte mir das Glas und wartete darauf, daß ich ihm bestätigte, was er ausgemacht hatte, verlangte gleich wieder das Glas zurück, entdeckte etwas anderes, wollte, daß auch ich es bemerkte: so ging es hin und her, und mehr als einmal lobten wir die Schärfe des Glases.

Hätten wir nicht auf einmal die Stimmen der anderen gehört, wir wären wohl hinabgestiegen zu unserem Schlauchboot und zum Ufer zurückgekehrt, nicht zuletzt, weil Arne darauf drängte, aber ihre Stimmen und Pfiffe und belustigten Rufe machten uns neugierig, und schließlich war auch er bereit, noch einmal auf die Brücke hinaufzuklettern und die anderen zu suchen. Wir fanden sie in der Kapitänskajüte; der Raum war von mehreren Taschenlampen erhellt, deren Lichtkegel auf die Decke gerichtet waren, Wiebke und Peter Brunswik saßen eng aneinandergeschmiegt auf einem Ledersofa, Lars versuchte gerade, ein Stück geflochtener rotweißer Schnur um das Handgelenk von Olaf Dolz zu legen und es zu verknoten. Auf dem Tisch lag ihre Beute, Rosthammer, Schraubenzieher, eine Rattenfalle, ein Bündel verdreckter Signalwimpel, mehr nicht. Unwillig machten sie uns Platz, sie wollten unter sich sein, legten keinen Wert auf Zuschauer. Ich sah, daß auch Wiebke und Brunswik eine rotweiße Schnur am Handgelenk trugen.

Arne stellte sein Glas auf den Tisch: Seht mal, was ich gefunden habe. Sie beachteten weder seinen Fund noch ihn selbst, doch als er ein Stück Schnur aufnahm und es wie probeweise um sein Handgelenk legte, trat Lars schnell auf ihn zu und entriß es ihm. Laß das liegen, ja, sagte er warnend, das ist nichts für dich, und zu uns beiden sagte er: Falls ihr es noch nicht gemerkt habt – ihr stört hier. Einen Augenblick stand Arne unentschlossen da, er blickte ungläubig auf Lars, dann auf mich, anscheinend wartete er auf ein Wort von mir, doch ehe ich noch etwas sagte, zwängte er sich an uns vorbei und verließ die Kajüte. Ohne sich um mich zu kümmern, ging er zum Fallreep. Er tastete sich hinab. Erst nachdem ich ihn eingeholt hatte, stieg er ins Schlauchboot und nahm schweigend das Glas an sich, das ich ihm hineinreichte. Während der Überfahrt hielt er es auf seinem Schoß, und als wir über den Werftplatz gingen, machte er keinen Versuch, es noch einmal zu gebrauchen, es gegen das große Dock, gegen die Fruchtschuppen oder gegen die dunkle »Makarow« zu richten. Im Haus trennten wir uns, er wollte nichts mehr essen, nichts trinken, er wollte nur in unser Zimmer hinauf und eine Weile allein sein; so ließ ich ihn gehen.

Der Abendbrottisch war immer noch gedeckt, und als ich hereinkam, fragte meine Mutter sogleich nach Arne, sie hatte ihm bereits einige Brote geschmiert und eine Banane neben seinen Teller gelegt; daß er nichts essen wollte, beunruhigte sie. Ist was mit ihm, fragte sie, und ich log und sagte, daß er wohl nur müde und erschöpft sei, und um sie zu beschwichtigen, bot ich an, ihm seinen Teller nach oben zu bringen. Mein Vater setzte sich auf, kippte seinen Apfelschnaps und goß sich gleich wieder ein neues Glas ein, und auf einen Brief deutend, der vor ihm lag – und der ihm offenbar einiges an Überlegung aufgegeben hatte –, meinte er, daß ich nunmehr das Recht hätte, in gewisse Dinge eingeweiht zu werden: Hans sollte es wissen, Elsa, oder? Meine Mutter nickte, und er vertraute mir an, daß der Brief aus Bremen gekommen war, von Arnes Großmutter: Sie hatte beschlossen, das kleine Einfamilienhaus, das sie selbst geerbt hatte, Arne zu vermachen, es sollte ihm zufallen mit dem Tag seiner Volljährigkeit; als Testamentsvollstrekker wünschte sie sich meinen Vater; wie sie anfügte, war das Haus hypothekenfrei und in gutem Zustand; die Mieteinkünfte sollten uns vorerst zufließen, als Dank dafür, daß wir Arne bei uns aufgenommen hatten.

Was sagst du, Hans? Weiß er es schon, fragte ich, und mein Vater darauf: Nur du weißt es, und wir möchten nicht, daß du mit den anderen darüber sprichst, auch nicht mit Arne; er wird es erfahren, wenn es offiziell soweit ist. Obwohl sie sich darauf festgelegt zu haben schienen, Arne einstweilen nicht einzuweihen, wollten sie meine Meinung hören, und als ich ihnen sagte, daß es gewiß verfrüht sei, mit Arne über alles zu sprechen, zeigten sie Zufriedenheit. Wir müssen es von ihm fernhalten, sagte meine Mutter, was ihn so oder so belasten könnte, müssen wir von ihm fernhalten. Und dann begannen sie wieder, mich auf treuherzige Art auszufragen, sie wollten wissen, wie wir miteinander auskamen, wie Wiebke und Lars mit ihm umgingen, womit er sich nach den Schularbeiten beschäftigte, und es überraschte mich nicht, daß meine Mutter sich sogar nach seinem Schlaf erkundigte: Schläft er jetzt ruhiger? Sie fragten nicht absichtslos, und da ich aus allem ihre Besorgtheit heraushörte, versuchte ich, sie zu beruhigen, manches verschwieg ich auch.

Nachdem ich gegessen hatte, nahm ich den für ihn bestimmten Teller mit den Broten und stieg zu unserem Zimmer hinauf, Arne lag nicht in seiner Koje, er saß vor dem Klapptisch und schrieb, das

Glas beschwerte seine finnischen Lehrbücher. Er fühlte sich nicht ertappt und bemühte sich auch nicht, das Geschriebene abzudecken und es hastig zwischen die Seiten eines Buches zu legen – so, wie er es einmal mit einem Brief an Wiebke getan hatte –, vielmehr winkte er mich heran, nahm die Hand von der linierten Heftseite und gab den Blick frei auf den begonnenen Brief. Arne war dabei, an Lars zu schreiben, nichts Schwerwiegendes, Weitschweifiges, es war lediglich ein Begleitschreiben, in dem er meinem Bruder mitteilte, daß er ihm gern das Glas schenken möchte, das er auf der »Makarow« gefunden hatte. Einen Grund nannte er nicht, er erwähnte nur, daß er sich freuen würde, wenn Lars das Geschenk annähme.

Ich ahnte, Arne, was du dir davon erhofftest, doch da ich voraussah, daß sich nichts ändern würde zwischen euch, versuchte ich, dich von deinem Vorhaben abzubringen, ich überredete dich, das Glas einstweilen zu behalten, es ans Fenster zu stellen, damit wir beide es nach Bedarf benutzen, uns nah heranholen könnten, was draußen geschah, am Morgen, in der Dämmerung. Und weil ich auch für mich bat, gabst du deinen Plan auf und stelltest das Glas ans Fenster.

Solange Arne bei uns war, stand es dort, und wir hoben es oft an die Augen, verschafften uns Einblicke, Gewißheiten, brachten uns in die Nähe zu

Dingen und Geschehnissen und mitunter auch auf die Spur von rätselhaften Vorgängen. Was sich da alles zeigte und zu erkennen gab, sobald wir das Glas ansetzten! Allmählich wurde es uns zur Gewohnheit, erst einmal zum Glas zu greifen und die Welt draußen abzusuchen, nach dem Aufstehen und vor dem Zubettgehen mußten wir einfach unseren Bereich erkunden, nichts sollte uns entgehen. Gelegentlich sah Arne mehr als ich, oder er glaubte, etwas erkannt zu haben, das ich ihm nicht bestätigen konnte, er nahm nie etwas zurück, nicht einmal seine phantastische Wahrnehmung, nach der sich die zur Wartung auf Land liegenden Seezeichen neben unserem Werftplatz in der Dämmerung bewegten und – Spierentonnen, Heul- und Glockenbojen – selbständig zum Wasser hinabstrebten.

Einen Augenblick zögerte ich, das Glas zu Arnes Nachlaß zu legen, kaum hatte ich's in der Hand, da zog es mich auch schon ans Fenster, und wie so oft wanderte ich Land und Wasser ab und streifte die Lichtkuppel über der Stadt. Da war nichts, worauf ich ihn hätte aufmerksam machen wollen, wenn er neben mir gestanden hätte. Ich umwickelte das Glas mit Arnes ärmellosem Pullover und legte es in den Karton, hob es nach einer Weile aber wieder heraus und stellte es auf den alten Platz am Fenster.

Wie gegenwärtig er wurde durch die Dinge, die ihm einst gehört hatten; ich brauchte nur etwas aufzunehmen, unters Licht zu halten, da hörte ich auch schon seine leise Stimme, und manchmal glaubte ich, seinen Atem an meinem Hals zu spüren, es hätte nicht viel gefehlt, und ich hätte seinen Namen genannt, ihn ausgesprochen. Weil er alles schonte und in Ordnung hielt, zwang er mich, seine Sachen pfleglich zu verstauen, ich konnte sie einfach nicht in den Karton werfen oder in den Koffer fallen lassen, alles wurde sorgfältig geschichtet und hier und da abgepolstert mit Söckchen oder Turnhemden. Es war ein eigenartiger Zwang, dem ich nachgab, unwillkürlich nachgeben mußte; seine Bücher – die wenigen Bücher, die auf einem Bord über dem Klapptisch standen und die er mehrmals gelesen hatte, packte ich nicht wahllos zusammen, sondern ließ sie so beieinander, wie er sie gestellt hatte: seinen »Tom Sawyer« neben den »Leuten von Seldwyla«, die »Entdeckungsreisen von James Cook« neben dem »Kampf um Rom«; auch seine Wörterbücher und die sprachkundlichen Bände legte ich zusammen. In all seinen Büchern steckten Zettel und Anmerkungen und Verweise, ich ließ sie an ihrem Platz zwischen den Seiten, selbst die Verse in meiner Handschrift, die ich in Arnes lateinischem Wörterbuch fand, schob ich wieder zurück, nachdem ich sie noch einmal gelesen und versuchsweise übersetzt hatte.

Wallner, unser Lateinlehrer, hatte die Verse damals meiner Klasse als Hausaufgabe aufgegeben, sie schienen mir leicht übersetzbar zu sein, zumindest traute ich mir nach der ersten Lektüre zu, sie ohne allzu großen Zeitverlust ins Deutsche zu bringen, diese Verse, die ich nicht vergessen werde: Sic vos non vobis vellera fertis oves / Sic vos non vobis mellificates apes / Sic vos non vobis fertis aratra bovis.

Noch vor dem Mittagessen, das mir, da ich viel später als die anderen von der Schule nach Hause kam, fast immer aufgewärmt wurde, stieg ich in unser Zimmer hinauf, Arne saß bereits an seinem Klapptisch, murmelte wie so oft unregelmäßige Verben, wobei er die Augen geschlossen hielt. Ich wischte ihm übers Haar, und er sah mich glücklich an, sein finnischer Freund Toivo hatte ihm geschrieben, zu gern hätte er Arne bei sich auf einem riesigen Floß gehabt, das von einem Motorboot durch mehrere Seen geschleppt wurde. Stell dir vor, Hans, über tausend Baumstämme. Auf dem Floß hatten sie sich ein Zelt gebaut, darin konnten vier Mann schlafen. Sie hatten auch ein Blech, auf dem sie Feuer machten, um ihren Kaffee zu kochen: Solch eine Reise möchte ich auch einmal mitmachen, und am liebsten mit dir und Toivo.

Wenn wir's uns fest vornehmen, Arne, dann schaffen wir's auch, sagte ich und packte meine Schulsachen aus und machte mich an die Hausaufgabe.

Und wie ich gehofft hatte, gelang mir auch gleich der rohe Anfang – Schafe, denen die Wolle genommen wurde, Bienen, die um ihren Honig gebracht wurden –, ich brachte den Inhalt zum Vorschein, aber ich konnte nicht ermitteln, worauf die Verse zielten, ihr Sinn erschloß sich mir einfach nicht. Um Arne nicht zu stören, saß ich still da, und auch er hatte aufgehört zu murmeln und blätterte fast geräuschlos in seinem Vokabelheft. Obwohl er sich konzentriert seiner Aufgabe widmete, spürte er, daß ich nicht weiterkam, dennoch unterbrach er nicht das Schweigen, sondern wandte nur den Kopf und sah mich an, und als unsere Blicke sich begegneten, lächelte er mir zu. Nie zuvor hatte ich ihn um Rat gefragt oder ihm meine Ungewißheit zu erkennen gegeben, doch diesmal deutete ich ihm durch eine Geste an, daß ich auf eine Schwierigkeit gestoßen und im Zweifel war. Ihm genügte es. Er stand auf. Er kam zu mir und legte mir eine Hand auf die Schulter. Er fragte nicht, ob er den Text einmal lesen dürfte, über mein Heft gebeugt, sprach er halblaut die lateinischen Verse, stockend zuerst, dann noch einmal geläufig. Zwei Worte mußte ich ihm übersetzen, und er wiederholte »Wolle« und »Pflüge« und las die Verse abermals. Als sein Blick auf meinen groben Entwurf fiel, schüttelte er den Kopf, er war nicht einverstanden, zumindest glaubte er, daß ich nicht auf der richtigen Spur war, und deshalb schlug er mir vor, anders zu beginnen, zunächst aber herauszuhören, welch einen Grund es gab für diese Verse, welch einen Anlaß.

Du, Arne, warst davon überzeugt, daß sich hier einer beklagte, er beschwerte sich, weil ihm etwas weggenommen wurde, worauf er ein Anrecht hatte. Einer durfte nicht ernten, was ihm zustand: das meintest du, und weil er keinen Namen nennen wollte, wies er auf die Schafe und Bienen und Rinder hin, denen immer wieder das geschah, was ihm selbst gerade geschehen war. Wer etwas hervorbringt, darf es keineswegs auch behalten: so und nur so sollte man den Sinn der Worte verstehen.

Gemeinsam machten wir uns an die Übersetzung. Ich schrieb ins Unreine. Freudiger Eifer beherrschte ihn, gerade so, als gelte es, einen Preis zu gewinnen. Ja, Hans, das ist gut, das trifft, so muß es heißen: Das sagte er ein paarmal, überlegte dann aber, ob es beim gefundenen Ausdruck bleiben könnte; sein Zweifel verließ ihn nur selten. Und dann las er langsam vor, was uns gelungen war: So tragt ihr Wolle, o Schafe, nicht für euch / So macht ihr Honig, o Bienen, nicht für euch / So zieht ihr Pflüge, o Rinder, nicht für euch. Danach rückte er von mir ab, ging ans Fenster, sah eine Weile auf den Werftplatz hinunter, plötzlich wandte er sich mir überraschend zu und deklamierte belustigt: So sammelst du Wörter, o Hans, nicht für dich. Ich hatte kaum Zeit, ihm zu danken, denn Wiebke kam herein und fragte, ob ich die Rufe nicht gehört hatte, das Essen war längst aufgewärmt und stand für mich bereit. Sie übersah Arne. Fordernd blieb sie an der Tür stehen und wartete darauf, daß ich mit ihr nach unten ging, meinen Hinweis auf ein gerade beendetes Gemeinschaftswerk quittierte sie mit spöttischem Lächeln. Komm schon, ich hab noch was vor, sagte sie ungeduldig und ließ Arnes Gruß unbeantwortet.

Sie füllte meinen Teller am Herd auf, angelte aus der Suppe noch einige Fischstückchen heraus, die sie mir eigens zudachte, und setzte den Teller vor mich hin. Statt mir Guten Appetit zu wünschen, sagte sie: Beeil dich, wenn Mutter aus der Stadt zurückkommt, möchte ich mit der Küche fertig sein. Neben meinem Teller stand ein Kümmchen mit gewürfeltem Kürbisfleisch, wortlos spießte Wiebke einen Würfel nach dem anderen auf und aß, einige ließ sie mir immerhin übrig. Sie schien sich nicht mehr zu ärgern, blickte nachdenklich vor sich hin, stand auf einmal auf und verließ die Küche, ich hörte, daß sie zu ihrem Zimmer ging. Als sie zurückkam, hatte sie ein blaues Pappkästchen in der Hand, sie legte es vor mich hin und forderte mich auf, es zu öffnen. Auf Watte gebettet, lag darin ein gelber, emailleglänzender Schmetterling, eine Haarspange. Ohne zu wissen, was Wiebke von mir erwartete, lobte ich den kleinen Schmuck, nahm ihn heraus, hielt und drehte ihn im Sonnenlicht und ließ ihn aufschimmern. Dann winkte ich sie nah an mich heran, fand für den Schmetterling eine Stelle in ihrem braunen Haar und entschied, daß er sich dort gut machte, sehr gut sogar. Wiebke interessierte es nicht, wie sie unter dem Schmetterling wirkte, sie ließ ihn sich zurückgeben und legte ihn ins Kästchen zurück, behutsam, grüblerisch.

Ich sah, daß sie etwas beschäftigte, daß ihr etwas zusetzte, doch ich wollte nicht nachfragen, wollte sie von sich aus kommen lassen, und nach einer Weile musterte sie mich mit plötzlichem Verdacht und fragte: Von dir? Ist die Spange von dir? Sie hatte das Kästchen mit der Post bekommen, ein Brief oder eine Karte lagen nicht bei, ein Absender fehlte, und die Schrift – absichtsvoll verschnörkelte Buchstaben – verriet nicht ihren Schreiber. Das Ding ist nicht von mir, sagte ich, bestimmt nicht; wenn du willst, gebe ich dir meine Hand drauf. Da sie nicht aufhörte, sich zu fragen, wer ihr das Kästchen geschickt haben könnte, und dabei erwägend mehrere Namen nannte, riet ich ihr, sich zunächst einmal über das Geschenk zu freuen und abzuwarten, so lange abzuwarten, bis der Absender sich ungewollt verriet oder, weil er etwas erhoffte, freimütig zu erkennen gab. Selbstverständlich riet ich ihr noch, die Spange anzulegen, ich versicherte ihr, daß das die beste Methode sei, den Absender zu ermitteln. Wiebke glaubte mir, sie ging gleich auf den Flur hinaus, trat vor den Spiegel, befestigte die Spange in ihrem Haar und wollte jetzt von sich aus wissen, ob es mir gefällt. Das ist genau das, was dir gefehlt hat, sagte ich.

Sie füllte mir den Rest der Fischsuppe auf – wie sie gleichgültig bemerkte, hatte Arne auf seine zweite Portion verzichtet – und begann, Topf und Geschirr zu säubern, und während sie spülte, wischte, wegstellte, erzählte sie, daß sie für die letzte Lateinarbeit eine bessere Note als Arne bekommen hatte: eine Zwei, Hans, Arne bekam nur eine Drei. Aber er war doch sonst der Beste bei euch, sagte ich. Am Anfang, sagte Wiebke, nur am Anfang; als er in meine Klasse kam, war er gleich Wallners Lieblingsschüler, er bekam jedesmal eine Eins, aber auf einmal ging's nicht mehr so gut, er ließ nach, auch wenn er aufgerufen wurde, fiel ihm manchmal gar nichts ein. Und nach einer Pause sagte Wiebke: Ich glaube nicht, daß Arne noch eine Klasse überspringen wird. Ihre Worte gaben mir nicht zu denken; daß Arne in seinen Leistunen nachließ, hielt ich für etwas Vorübergehendes im Auf und Ab, das ich von mir kannte, ihm selbst jedenfalls machte es nichts aus, schlechte Zensuren zu bekommen, er war in Wiebkes Klasse, und mehr wollte er anscheinend nicht.

Ich brachte ihr meinen Teller und dankte ihr und lobte ihre Haarspange. Sie überging mein Lob, sie wollte wissen, woran ich mit Arne gesessen hatte, und nachdem ich es ihr gesagt hatte, sah sie mich verwundert an, sie äußerte nichts, sah mich nur verwundert an, geradeso, als hätte ich Hilfe bei einem gesucht, der selbst der Hilfe bedurfte. Arne hat mir einen guten Rat gegeben, sagte ich und sagte auch: Wallner wird bestimmt zufrieden sein mit meiner Übersetzung, worauf Wiebke die Bemerkung einfiel: Zu deiner Klasse ist er auch viel großzügiger.

Dich, Arne, überraschte Wallners Anerkennung überhaupt nicht, du nahmst die Zwei, die er mir für die Übersetzung gab, nur mit einem sparsamen Nicken zur Kenntnis; etwas zu sagen, hieltest du für überflüssig.

Auch Lars erkannte ich an seinem Schritt. Es war schon spät, als er zu mir kam, er tippte mir zur Begrüßung auf die Schulter, ging zu meiner Koje, legte sich hinauf und zündete sich eine Zigarette an. Sie hatten ihm unten gesagt, daß ich dabei war,

72

Arnes Nachlaß zu sichten und wegzupacken, und zuerst saß er nur da und beobachtete schweigend, wie ich die Dinge in meiner Nähe zur Hand nahm und sie nach kurzer oder längerer Erwägung entweder in den Karton oder ins Köfferchen oder in den Beutel legte. Den präparierten Goldbutt, den er Arne einmal zu Weihnachten geschenkt hatte – wie aus hellem Leder gemacht wirkte der Fisch –, hatte ich bereits im Köfferchen verstaut, ich holte ihn nicht hervor, erwähnte ihn nicht einmal. Ich fragte ihn nach seinen ersten Eindrücken auf der Hotelfachschule – Lars hatte die Schule schon wieder hinter sich, hatte die Ausbildung knallfall abgebrochen, so, wie er auch die Zeit auf der Seefahrtsschule vorzeitig beendet hatte, immer aus dem gleichen Grund, immer, wie er behauptete, wegen ungerechter Behandlung durch seine Lehrer oder Vorgesetzten. Nun schwebte ihm etwas anderes vor, er wollte wissen, wie ich den Beruf des Stewards einschätzte – Steward auf einem Kreuzfahrtschiff –, ich konnte ihm nicht aus Erfahrung raten, erinnerte ihn nur an unseren Onkel Valentin, der als Schiffssteward soviel verdient hatte, daß er sich ein Lokal in Altona kaufen konnte. Siehst du, sagte Lars, an den habe ich auch gedacht, und lächelnd fügte er hinzu: Klar, Hans, daß du immer dein Freibier bekommst.

Beim Sortieren hatte ich ein paar von Arnes Sachen auf meine Koje gelegt – Briefe von Toivo, ein paar Umschläge und von unserer Familie Fotos, eine Zeichnung von Wiebke, »Eisgang auf der Elbe«, aber auch Arnes Sparbuch, das Lars sich herausfischte und gleich aufblätterte. Ich beobachtete ihn aus den Augenwinkeln, sah, wie er erstaunte, unruhig wurde, die Lippen bewegte, einmal schloß er das Buch, klappte es aber sofort wieder auf und setzte seinen Zeigefinger auf eine Zahl und starrte aufs Fenster, grübelnd, nachrechnend. Überraschend glitt er von meinem Bett und hielt mir Arnes Sparbuch hin: Schau dir das an. Er hatte ein Guthaben entdeckt. Er hatte entdeckt, daß da noch einhundertdreißig Mark drauf waren, Geld, das Arne nicht mehr ausgeben mochte oder konnte.

Gib das Buch her, sagte ich. Lars weigerte sich. Ich versuchte ihm beizubringen, daß wir kein Recht dazu hatten, das Geld abzuheben, und daß das Sparbuch in den Nachlaß gehörte wie alles andere, außerdem gab ich ihm zu bedenken, daß man uns an der Kasse das Geld nicht auszahlen würde ohne Vollmacht. Er war anderer Ansicht: Wenn wir's nicht abheben, sagte er, behält die Sparkasse das Geld, und die hat bestimmt genug davon. Gib das Buch her, sagte ich noch einmal, worauf er zurücktrat, wiederum zögerte, schließlich aber seufzend nachgab und mir das Buch zuwarf, es mir zusegeln ließ, und nicht nur enttäuscht, sondern auch beleidigt mein Zimmer verließ.

Wenn Lars nicht gekommen wäre, hätte ich das Sparbuch wohl, ohne es zu öffnen, weggelegt, nun aber schlug ich es auf, überflog die Zahlen, suchte und fand die größte Zahl und brauchte nicht lange zu brüten, denn wie von selbst brachte sich der Sommer in Erinnerung; der windlose Ferientag, an dem ich auf dem mageren Trampelpfad am Ufer zum Nachbarplatz hinüberging, auf dem, gleich erstarrten fremdartigen Wesen, zahlreiche Seezeichen herumlagen, die der Vater von Olaf Dolz zu warten hatte. Spierentonnen, Heul- und Glockenbojen lagen da herum, an ihnen hafteten noch die Beweise ihrer Zeit im Wasser, blaßgrüne getrocknete Algenbärte und geplatzte Seepocken und Muscheln, die ihre Farbe verloren hatten. Schwere Möwen hoben sich von den Bojen, als ich näher kam. Ich grüßte den Vater von Olaf Dolz, der an einer zerbeulten Wracktonne arbeitete, und ging zur Slipanlage hinunter, neben der sie eine erweiterte Holzbrücke ausgezogen hatten und woher die Stimmen kamen. Lars, Wiebke und ihre Freunde mühten sich ab, die alte abgesoffene Jolle an Land zu ziehen, ein gedecktes, rundspantiges Boot mit Spiegelheck, das seit dem Frühjahr dort gelegen hatte. Alle hatten sich Badezeug angepellt, schoben und zerrten, nur Wiebke hockte im Boot und schöpfte den verbliebenen Rest des Wassers aus. Eine Seite des Bootes war zertrümmert, dort, wo der Schlepper es gerammt und überlaufen hatte, auch das Heck bewahrte noch die Spuren der Schiffsschraube, und die Bank, in die der Mast eingesetzt wurde, hing in der Luft. Seit dem Unglück hatte die Jolle vertäut an der Brücke gelegen, ihr Eigentümer hatte sie Olafs Vater überlassen, der weder Zeit noch Lust hatte, das vollgelaufene Ding zu heben und zu reparieren.

Kaum war ich auf der Brücke, da riefen sie auch schon durcheinander: Komm, faß an … Es gehört uns … Später darfst du auch mal … überleg dir schon mal einen Namen … Nu komm schon … Ich wies sie an, die Jolle noch einmal zu Wasser zu bringen, dann setzten wir den flachen offenen Wagen auf die Schienen, rollten auch den ins Wasser, und wippend und stolpernd gelang es uns, den Bootskörper auf den Wagen zu bugsieren. Nachdem wir das eingedrungene Wasser ausgeschöpft hatten, packten wir gemeinsam das Zugseil und zogen an und brachten die Jolle auf Land; damit der Wagen nicht zurückrollen konnte, blockierte ich ihn mit einem Stück Kantholz. Wir beklopften, schrabten, begutachteten die Spanten und kamen zu dem Ergebnis, daß sich aus der ramponierten Jolle etwas machen ließe, sahen aber auch ein, daß wir allein es nicht schaffen würden, sie schwimmfähig zu machen. Auf einen Namen einigten wir uns rasch, jedenfalls widersprach keiner Peter Brunswik, der vorschlug, das Boot »Winnie« zu taufen. Wie nachdenklich Wiebke auf einmal wurde – jetzt, da das Boot ihren Namen tragen sollte. Sie kletterte hinein, strich über das Dollbord, betastete den zerstörten Luftkasten, rutschte auf die Bodenbretter hinab und streckte sich aus, geradeso, als wollte sie schon mal Maß nehmen für später, und dann stieg sie auf eine Bank und wollte etwas sagen, verschluckte aber ihre Worte und winkte plötzlich heftig zu den Seezeichen hinüber. Der Vater von Olaf Dolz winkte zurück, und auch Arne winkte, der hinter der Wracktonne aufgetaucht war; kommt her, rief Wiebke, wir wollen das Boot taufen.

Es wurde nicht getauft. Der alte Mann ging prüfend um das Boot herum, legte hier seine Hand auf und pfiff, legte da seine Hand auf und pfiff, schlug seine Fußspitze gegen das Heck, ohne zu pfeifen, und nachdem er die zersplitterten Spanten untersucht hatte, riet er uns, unseren Plan erst einmal auf Eis zu legen. Er hielt nichts von schneller behelfsmäßiger Reparatur. Uns traute er nicht zu, das Boot so instandzusetzen, daß es uns sicher trug. Einer, der sich darauf verstand, müßte die Arbeit machen, einer wie Claus Tordsen, ein ehemaliger Schiffszimmerer: was der einmal gebaut hatte, schwamm immer noch. Laßt ihr vorläufig mal die Finger von dem Kahn, sagte der Vater von Olaf Dolz und bot sich an, bei Gelegenheit Claus Tordsen zu sprechen; doch er wies Lars auch darauf hin, daß die Reparatur eine Kleinigkeit kosten würde, zumindest für das Material würden sie bezahlen müssen, wieviel, das könnte er nicht sagen. Wir kriegen es schon zusammen, sagte Peter Brunswik und reichte Wiebke die Hand, um ihr beim Sprung vom Boot zu helfen. Auf Wiebkes Frage, wann denn das Boot getauft werden kann, sagte der alte Mann: Wenn ihr sicher sein könnt, daß es aufschwimmt.

Er ging zu seinen Seezeichen zurück, und die ungeduldigen Eigentümer des Bootes fingen sofort an, über die mutmaßlichen Kosten der Reparatur zu spekulieren, jeder von ihnen mußte Kassensturz machen, jeder mußte bekanntgeben, wieviel er einzahlen wollte – von mir erwarteten sie nichts. Lars zählte die Beträge zusammen, er kam auf gut hundert Mark, und beim zweiten Zählen war ihm der Zweifel darüber anzusehen, ob die ermittelte Summe ausreichen würde. Arne wurde nicht gefragt, vielleicht nahmen sie an, daß er nichts übrig hatte, vielleicht aber wollten sie ihm früh zu verstehen geben, daß er nicht zu ihnen gehörte und daß er nicht darauf hoffen könnte, später einmal mitgenommen zu werden. Als er ihnen von sich aus vorschlug, etwas beizusteuern, sahen sie sich verblüfft an, sie zögerten, wußten anscheinend nicht, ob sie sich über das Angebot freuen sollten, konnten sich jedoch auch nicht entschließen, es abzulehnen. Anscheinend wollten sie es Lars überlassen, eine Entscheidung zu treffen, doch der ließ sich Zeit und mochte schließlich auch nicht mehr sagen als: Woll'n mal sehen. Auf sein Kommando stürmten sie dann zur Brücke und sprangen ins Wasser. Schwimmend strebten sie zueinander. Einer versuchte, den andern unter Wasser zu drücken. Wiebke, die besser schwimmen konnte als alle anderen, ließ sich in Rückenlage zuerst von Olaf Dolz, später von Peter Brunswik probeweise »retten«. Immer wieder forderten sie uns auf, zu springen: Los, macht schon, das Wasser ist warm. Arne schüttelte den Kopf. Fröhlich ertrug er es, daß sie ihn naßspritzten, er hockte sich hin und gab es Wiebke zurück, die ihn am Bein ins Wasser zu ziehen versuchte, doch er glitt oder sprang nicht hinein. Ich wußte da noch nicht, daß Arne nicht schwimmen konnte. Den anderen gegenüber, die ihn ermunterten und aufzogen und sogar verspotteten, gab er es jedenfalls nicht zu, er nahm alles erstaunlich gelassen in Kauf – nicht zuletzt wohl deshalb, weil auch ich viel gehänselt und verspottet wurde.

Als sie auf die Brücke kletterten und sich auf den

Bauch legten, um sich von der Sonne trocknen zu lassen, ging ich zu uns zurück, und ich war kaum auf dem Trampelpfad, da kam Arne mir nachgelaufen und hängte sich bei mir ein. Ich hatte es gern, wenn du dich manchmal bei mir einhängtest, deine kleinen Sprungschritte machtest und mir erzähltest, was wir gerade gemeinsam gesehen und gehört hatten, diesmal aber sprachst du nicht von den andern, du hattest einen Entschluß gefaßt und wolltest, daß ich dir dabei helfe, ihn auszuführen: Du batest mich, dich zur Sparkasse zu begleiten, gleich, mit dem nächsten Bus.

Diese Umsicht hätte ich Arne nicht zugetraut: Er zog mich nicht gleich in die Sparkasse, er verhielt zunächst vor dem Schaufenster und tat so, als interessiere er sich für die beiden ausgestellten Sparschweine und für die ausgehängten Wechselkurse und Börsennachrichten, dabei hob er sich auf die Fußspitzen und linste in das Innere der Sparkasse, dorthin, wo sich die Schalter befanden. Beide Schalter waren besetzt, nur wenige Kunden standen davor. Wir warteten, bis der junge füllige Mann seinen Arbeitsplatz verließ und durch eine Tür im Hintergrund verschwand, danach stieß Arne mich an und flüsterte: Jetzt, zu der Frau, die fragt nicht so viel. Wir stellten uns bei der Frau an, die noch einen sehr alten Mann bediente, der sich sein Geld vorzählen ließ. Arne hielt bereits sein Sparbuch in der Hand. Die Frau schien ihn wiederzuerkennen, denn sie lächelte ihm zu, überflog mit gespielter Anerkennung die Eintragungen im Sparbuch und fragte nach seinen Wünschen, und nach einem schnellen Blick zu mir sagte Arne: Abheben, bitte hundert Mark. Ein Anflug von Verunsicherung erschien auf dem Gesicht der Frau, jedenfalls kam es mir so vor, und als erwartete sie eine Bestätigung von mir, hob sie ihren Blick und sah mich an; da sagte Arne plötzlich und zum ersten Mal: Das ist mein Bruder, und mehr brauchte er nicht zu sagen. Er bekam das Geld in kleinen Scheinen. Das Sparbuch zwängte er in seinen Hemdausschnitt, ließ es hinabrutschen, versicherte sich, daß es an seiner Haut lag, und zwinkerte mir zu: Komm.

Warum er seinen Betrag für die Reparatur des Bootes nicht selbst Lars geben wollte: ich ahnte es nur; ohne mir zu erklären, weshalb ich es für ihn tun sollte, steckte er mir noch im Bus das Geld zu, wollte mich auch nicht zu den anderen begleiten, sagte lediglich, daß er noch etwas nachlesen müßte und im Zimmer auf mich warten werde. Im Hauseingang blieb er stehen, sah mir lange nach, winkte auch einmal; kurz darauf erschien er an unserem offenen Fenster und beobachtete mich durch das Glas. Ich wußte, woran ihm gelegen war, worauf er ungeduldig wartete, und ich nahm mir vor, ihn nicht länger als nötig im Ungewissen zu lassen.

Bevor ich ihm allerdings seine Bitte erfüllte, winkte mich der alte Dolz heran, der gerade einer Wracktonne Grün gab, er kam gleich auf Arne zu sprechen, erwähnte, daß er einiges über ihn gehört hatte, bekannte, daß er ihn schon in einem ersten Gespräch gerngewonnen hatte. Der ist seinem Alter voraus, sagte er, aus eurem Arne wird noch was. Nickend wiederholte er den letzten Satz und fügte hinzu, daß er sich gewundert habe, wie verständig einer sein kann in so jungen Jahren und was er schon alles weiß. Aber er verschwieg mir auch nicht, daß Arne ihm sonderbar vorkam; Dolz wußte nicht, was er davon halten sollte, daß Arne sein Ohr an Bojen und Tonnen legte und, nach kurzem Lauschen, vertraute Geräusche zu hören glaubte, aufkommenden Wind und manchmal auch Wellen. Ausreden wollte ich es dem Jungen nicht, sagte er, aber du kannst wohl verstehen, daß ich mir meine Gedanken machte. Das war es, was er mir im Vorbeigehen sagen mußte; ich ging zur Brücke hinunter, auf der nur noch Wiebke in der Sonne lag, die anderen waren damit beschäftigt, am Ufer Treibholz zu sammeln, für ein Feuer, das sie in der Dunkelheit entzünden wollten. Ich winkte Lars zu mir heran und erfüllte Arnes Bitte.

Noch auf der Treppe hörte ich, wie Arne die Tür öffnete, er ließ mich herein und sah mich forschend an, zu fragen wagte er nicht. Mit langsamen, zähen Schritten folgte er mir zu meiner Koje, stand wie so oft ergeben da, nicht anders, als erwartete er ein Urteil. Du hättest dabei sein sollen, sagte ich, du hättest erleben sollen, wie sprachlos sie waren, sie konnten es kaum glauben, daß du so viel dazu geben wolltest, aber vor allem wunderten sie sich darüber, daß du so viel auf der hohen Kante hast. Das hätten sie dir nicht zugetraut.

Ein Gefühl der Erleichterung erfüllte ihn, er war zufrieden, und nach einer Weile fragte er, ob Lars schon ein Ziel bestimmt hatte für die erste Fahrt. Das kann noch dauern, sagte ich, erst einmal muß das Boot repariert werden, und keiner weiß, wie lange Tordsen daran arbeiten muß. Wenn er fertig ist, müssen wir das Boot taufen, sagte Arne. Klar, sagte ich.

Das kleine gefirnißte Sperrholzbrett, auf dem er die sieben wichtigsten Schiffsknoten befestigt hatte, bekamst du nicht gleich von ihm geschenkt, vermutlich hat Kalluk dich lange unbemerkt geprüft, ehe er Vertrauen zu dir faßte – dieser starke, verschlossene Mann, der mit keinem von uns sprach, nur mit meinem Vater. Auch von dir, Arne, wollte er nicht angesprochen werden, zumindest sah es so aus, als du in der Abendsonne vor ihm stehenbliebst, bei dem gemauerten Anbau, in dem sein Bett stand und seine selbstgefertigte Werkbank.

Kalluk saß auf einem dreibeinigen Polsterstuhl, der gewiß aus einer Kapitänskajüte stammte, und knotete und flocht da etwas, etwas Mehrfarbiges, da konnte man nicht einfach vorbeigehen. Arne blieb stehen, er sah zunächst nur stumm zu, suchte wohl zu erraten, was da entstand, und da er noch nie eine Antwort von Kalluk erhalten hatte, verzichtete er darauf, eine Frage zu stellen. Es wunderte mich, wie lange er seine Neugierde unterdrücken konnte, aber schließlich hielt er es offenbar nicht mehr aus, er hockte sich hin, zeigte auf das entstehende Knotenwerk und wollte vermutlich wissen, was daraus werden sollte, doch Kalluk antwortete nicht, er schien lediglich einen Knoten zu lösen und ihn noch einmal langsam und lehrhaft zu knüpfen, ohne ein einziges Wort zu sagen. Da nahm Arne ein zurechtgeschnittenes Stück Schnur aus einem Karton und versuchte, den Knoten zu wiederholen, es gelang ihm jedoch nicht, und er setzte sich auf die Erde und beobachtete nur noch Kalluks Finger und sprach dabei unentwegt. Kalluk schwieg, hob nur selten den Blick, manchmal lächelte er.

Was Arne von dem stillen, grobknochigen Mann wußte, wußte er von mir, ich hatte es ihm in der Dunkelheit erzählt, als wir von unserem Fenster auf den verlassenen Werftplatz hinabsahen und plötzlich das Licht einer Taschenlampe aufzuckte. Das Licht wanderte über Wrackteile, huschte über kieloben liegende Rettungsboote, glitt über die Fenster der Gießerei und der Werkstätten. Da geht Kalluk, sagte ich, er macht seine erste Runde, Vater hat ihn als Wächter eingestellt. Dies erfuhr er von mir, und an demselben Abend vertraute ich Arne auch an, daß Kalluk mehrere Jahre im Gefängnis gewesen war und nach seiner Entlassung sogleich den Weg zu uns fand und nach einem nächtlichen Gespräch mit meinem Vater eingestellt wurde als Wächter. Mehr sagte ich damals nicht über ihn, vielleicht deutete ich ihm aber schon an, daß mein Vater der einzige war, mit dem Kalluk sprach.

Die Tür zu Kalluks Wohn- und Arbeitsraum stand offen, eine halbwilde Katze saß auf der Schwelle und wartete wohl darauf, gefüttert zu werden. Als Arne sich aufrichtete und sie zu locken versuchte, zog sie sich hinter einen verrotteten Ausleger zurück. Einen Augenblick stand Arne unentschlossen da, dann trat er, angezogen von den Dingen, die er im Anbau erkannte, in Kalluks Raum, arglos und ohne um Erlaubnis zu fragen. Ich war sicher, daß Kalluk ihn herausrufen, daß er ihm zeichenhaft zu verstehen geben würde, daß er da drin nichts zu suchen habe, zu meinem Erstaunen aber brachte Kalluk zunächst sein Knüpfwerk zu Ende, legte seine Arbeit auf den Stuhl und ging dann ohne Eile Arne nach. Sie erschienen nicht gleich wieder, sie blieben viel länger im Anbau, als ich es vorausgesehen hatte, und ich konnte nicht glauben, daß sie sich nur wortlos gegenüberstanden. Einmal tauchten beide am Fenster auf, Kalluk hielt etwas hoch, das wie ein farbiger Lappen aussah, da gab es für mich keinen Zweifel mehr, daß er Arne bekannt machte mit seinen Versuchen, die alte Knotenschrift wiederzuentdecken, sie anschaulich zu machen an geknüpften Beispielen.

Auch mir hatte er einst gezeigt, was ihm nach geduldigem Forschen gelungen war, am Tag, als ein Wolkenbruch niederging und ich mich an seinem Anbau unterstellte. Er hatte mich hereingewinkt. Sein einziger Wandschmuck war ein Schaubild mit alltäglichen Schiffsknoten. An einer in Brusthöhe gespannten Leine hingen farbige, gleich große Tücher, in die, mit unterschiedlichen Abständen, Knoten eingeknüpft waren, einige bildeten einen Knotenstrang. Glasperlen waren in etliche Tücher eingeknotet, auch ausgebleichte Muscheln. Er duldete es, daß ich die Tücher berührte, machte aber eine verneinende Bewegung, als ich eins von der Leine abnehmen wollte. Auf seiner Werkbank lagen ein paar Sperrholzbrettchen bereit, desgleichen mehrere Rollen gewachste Schnur, aus denen er Schiffsknoten knüpfte für seine kleinen Schmucktafeln, die Pullnow für ihn verkaufte. Nicht von ihm, von meinem Vater erfuhr ich, daß Kalluk versuchte, die peruanische Knotenschrift nachzuschaffen, die einmal als vollkommenes Verständigungsmittel galt; mir sagte und erklärte er nichts, er ließ mich nur alles anschauen und machte mich zu gegebener Zeit durch eine Geste darauf aufmerksam, daß es aufgehört hatte zu regnen. Er lud mich nicht ein, wiederzukommen.

Arne kam und kam nicht heraus, und ich versuchte mir vorzustellen, was er zu sehen und zu hören bekam von dem Mann, der genügsam für sich lebte. Nach einer Weile kehrte die Katze zurück, sie blickte inspizierend in den Raum und setzte sich auf die Türschwelle, lauschte, brach dann ein und wartete mit untergeschlagenen Pfoten – gerade so, als wollte sie einen Beweis für ihre Geduld geben. Je länger ich auf Arnes Erscheinen wartete, desto unruhiger wurde ich, die Unruhe kam wie von selbst auf, ich überlegte schon, zu Kalluks Behausung hinüberzugehen und mich am Fenster zu zeigen. Endlich, es dämmerte bereits, traten beide heraus, Arne hielt etwas in der Hand, das er nicht aufhörte zu betrachten; er allein sagte etwas zum Abschied. Es war nicht das kleine Sperrholzbrett, das er geschenkt bekommen hatte – das erhielt er an einem Ostertag –, sondern ein graues lederartiges Tuch, das er mir sogleich zeigen mußte: Guck nur, Hans, was ich hier habe, du wirst es nicht erraten.

Du warst so erregt, so ungläubig, daß du meine Verblüffung nicht bemerktest, du hieltest mir das Tuch hin, befingertest den einzigen, sehr festsitzenden Knoten und wolltest mir beibringen, daß dies ein Zauberknoten war, denn dies hatte Kalluk dir erzählt: Frühe Seefahrer im Norden, so wußte er, kauften sich von heiligen Männern solche Zauberknoten, angeblich war der Wind in ihnen gefesselt, angeblich konnte man den eingeknoteten Wind auch entfesseln; den Kaufpreis allerdings kannte Kalluk nicht.

Arne wunderte sich mehr über das Geschenk als darüber, daß Kalluk ihn über die Macht dieses Knotens aufgeklärt hatte, immer wieder hielt er das Tuch unters Licht und betastete und befummelte den Knoten; seine Wißbegier ließ ihn nicht zur Ruhe kommen. Und nachdem er einen Platz bestimmt hatte, an dem das Tuch künftig aufbewahrt werden sollte – es schien ihm so wertvoll, daß nur das Eckschränkchen in Frage kam, wo sein Sparbuch lag –, öffnete er das Fenster und hielt einen angefeuchteten Finger in die Luft. Er starrte auf das Wasser des Nebenarms, auf dem der unbewegte Widerschein der hochhängenden Kranlampe lag. Weit beugte er sich hinaus, ließ ein Papierschnipsel fallen und blickte ihm nach, wie es ins

Dunkel hinabtrudelte. Ich ahnte, worauf er aus war, und ich täuschte mich nicht, denn nachdem er sich von der abendlichen Windstille überzeugt hatte, setzte er sich neben mich und blinzelte mir auffordernd zu. Sollen wir ihn mal ausprobieren, fragte er flüsternd. Wir brauchen den Zauberknoten ja nicht ganz zu lösen, nur ein bißchen, nur ein wenig lockern. Und wenn tatsächlich Wind aufkommt, fragte ich, und Arne darauf: Dann ziehen wir den Knoten gleich wieder fest an. Gut, sagte ich, meinetwegen.

Der Knoten ließ sich nicht lösen, nicht mit den Fingern, wir mußten meinen Marlspieker zu Hilfe nehmen. Ich stieß den spitzen metallenen Dorn vorsichtig unter einen Schlag, lockerte, lüftete ein wenig, da stürzte Arne auch schon ans Fenster und hielt Ausschau, und auf einmal rief er tatsächlich: Komm, Hans, schnell, die Lampe unter dem Kran, sie hat sich bewegt, sie hat leise geschaukelt. Ich stellte mich neben ihn. Er griff nach meinem Arm. Ich spürte, wie er erstarrte. Siehst du, fragte er und lenkte meine Aufmerksamkeit von der hängenden Lampe aufs Wasser: Siehst du die kleinen Wellen? Er verlangte das Tuch, prüfte, wie weit ich den Knoten gelockert hatte, maß anscheinend die Lockerung am Resultat, das er erkannt zu haben glaubte, und flüsterte: Es stimmt, Hans, in dem Zauberknoten ist der Wind eingeschlossen, ein bißchen haben wir ihn freigelassen. Und dann hob er sein Gesicht und fragte: Du hast es doch auch gesehen, nicht? Ich wagte nicht, ihn zu enttäuschen, nicht in diesem Augenblick, zum ersten Mal log ich ihn an und bestätigte ihm, daß auch ich die Wirkung des entfesselten Winds erkannt hatte. Behalt's aber ja für dich, sagte ich, und ich riet ihm, nie einen stärkeren Wind freizusetzen, vor allem nicht in Gegenwart von Lars oder Wiebke. Ich sah ein, daß ich mich abzufinden hatte mit seiner Phantasie, seinen zeitweiligen Wahrnehmungen, die mir unerreichbar waren, jedenfalls nicht zugänglich, und nachdem er das Tuch verstaut hatte und wieder ans Fenster getreten war, fragte ich ihn, ob es schon wieder still zu werden begann auf dem Wasser, in der Luft, und er sagte: Jetzt rührt sich nichts mehr.

Und als er mich zu sich rief, glaubte ich zuerst, daß ich ihm die prompt eingekehrte Stille bestätigen sollte, aber statt auf die Kranlampe oder das Wasser hinzudeuten, lenkte er meine Aufmerksamkeit nach unten, vors Haus. Im genauen Lichtschein, der vom Flur nach draußen fiel, stand eine Gestalt. Meine Mutter stand da. Sie bewegte sich nicht. Ausdauernd blickte sie zur fernen Straße hinüber. Tante Elsa, sagte Arne, und sagte auch noch: Sie wartet. Mit einer entschiedenen Bewegung wandte er sich ab, als täte er etwas Unrechtmäßiges, gab er die Beobachtung auf und ging zu seinem Klapptisch, winkte mich zu sich und wollte, daß ich seinen Geburtstagswunsch begutachte. Seine Großmutter hatte ihn aufgefordert, ihr seine Geburtstagswünsche zu nennen, er hatte nur einen Wunsch: ein mehrbändiges Lexikon. Wenn du sagst, Hans, daß eine dreibändige Ausgabe genügt, dann wünsch ich mir die, sonst bitte ich um die fünfbändige Ausgabe. Gemeinsam studierten wir den Prospekt, den er sich besorgt hatte, schließlich empfahl ich ihm, sich die fünf Bände zu wünschen. Wenn ich vorausgesehen hätte, daß er sie mir eines Tages hinterlassen würde auf seine stillschweigende Art – er hatte sie mir einfach nachts auf mein Regal gestellt –, hätte ich ihm etwas anderes geraten.

Arne wollte gleich seinen Wunschzettel schreiben, als meine Mutter hereinkam; sie blickte uns nicht an, sie fragte in den Raum hinein, ob wir wüßten, wo Wiebke war, ob wir sie zufällig gesehen hatten, Wiebke hatte versprochen, um sieben zuhause zu sein. Wir wußten es nicht, und meine Mutter sagte nichts mehr und ging nach unten, ohne die Tür zu schließen, und erschien kurz darauf wieder vor dem Haus, das Gesicht der Straße zugewandt. Arne vergaß seinen Wunschzettel – oder nahm sich vor, ihn später zu schreiben –, er mußte ans Fenster, nicht allein gespannt, sondern auch teilnahmsvoll beobachtete er die Wartende, jetzt, da er wußte, nach wem meine Mutter Ausschau hielt. Ich zweifelte nicht, daß er es bis zum letzten Augenblick aushalten würde. Beteiligter jedenfalls kann einer nicht warten, das ging so weit, daß er nicht angesprochen werden wollte und mitunter einen Finger auf die Lippen legte.

Aber als er zu erkennen glaubte, daß die Zeit des Wartens zu Ende ging, stieß er einen Zischlaut aus und machte mir Platz am Fenster. Das Auto, sagte er leise. Die Scheinwerfer eines langsam fahrenden Autos, das die Straße bereits verlassen hatte, schwenkten über den Werftplatz, näherten sich, erfaßten unser Haus. Vor der Schlosserwerkstatt hielt das Auto. Die Scheinwerfer erloschen. Meine Mutter machte ein paar schnelle Schritte in Richtung auf das Auto, kehrte, anscheinend unschlüssig geworden, wieder zurück und blieb in lauschender Haltung stehen. Im Innern des Autos flammte ein Streichholz auf, wie im Reflex blickte meine Mutter zu unserem Fenster hinauf, vielleicht überlegte sie, ob sie uns herunterrufen sollte, vielleicht wollte sie sich nur vergewissern, daß auch wir mitbekamen, was sie sah. Daß hinter der Werkstatt, unten bei Kalluks Anbau, das Licht einer Taschenlampe für eine Sekunde aufblitzte, konnte sie nicht erkennen, wir aber bemerkten es und wußten, daß Kalluk seine erste Runde ging.

Auch im Auto hatte man das aufblitzende Licht bemerkt, wie auf ein Zeichen erhellten die Scheinwerfer des Autos den Platz, die Türen wurden geöffnet, drei Gestalten stiegen aus. Ein hochgeschossener Bursche verabschiedete sich von Wiebke mit einem flüchtigen Handschlag, Peter Brunswik küßte sie vor den Scheinwerfern, in deren Licht Wiebke ausharrte, bis das Auto sich rückwärts entfernte. Vorübergehend tauchte sie im Dunkeln ein. Meine Mutter stand unbeweglich. Ich mußte Arne ins Zimmer zurückziehen, der sich weit aus dem Fenster gebeugt hatte, fast zu weit. Dann erschien Wiebke, schlendernd, mit angenommener Sorglosigkeit bewegte sie sich auf meine Mutter zu, trat nah vor sie hin, anscheinend bereit, sich zu rechtfertigen, bevor sie noch den ersten Vorwurf zu hören bekam. Was sie sich zurechtgelegt hatte: sie brauchte es nicht zu sagen, denn nach einem einzigen knappen Blickwechsel schlug meine Mutter zu. Nie zuvor hatte sie einen von uns geschlagen, ich erschrak, als sie ausholte und Wiebkes Gesicht zweimal traf, so heftig, daß ihr Kopf zur Seite flog, und als Wiebke sich wegduckte, traf sie ein letzter Faustschlag im Nacken. Arne stöhnte auf, murmelte etwas, das ich nicht verstand, und als Wiebke ins Haus stürzte, wollte er gleich zur Tür. Bleib hier, sagte ich. Er gehorchte. Wir blickten zu meiner Mutter hinab, die jetzt wie benommen dastand, anscheinend ging ihr erst allmählich auf, was sie getan hatte in ihrer Erbitterung, in ihrer Enttäuschung. Sie atmete schwer. Sie hob eine Hand an den Mund und begann zu schluchzen und kam schluchzend ins Haus.

Wie entschlossen du aus dem Zimmer gingst, Arne, diesmal gabst du nichts auf meinen Zuruf, warst in einem Augenblick draußen und liefst die Treppe hinab und verhieltest vor Wiebkes Tür. Jetzt erst zögertest du, doch nachdem du dein Ohr an die Tür gelegt und einen Moment so gelauscht hattest, klopftest du, zaghaft zuerst und dann heftiger und dringender, und dabei riefst du, so daß ich es oben verstehen konnte, Wiebkes Namen. Die Tür war verschlossen, sie blieb verschlossen, selbst als du ein paarmal den Drücker bewegtest.

Grüblerisch kam er wieder zu mir herauf, ging blicklos an mir vorbei, wußte nicht, ob er sich setzen oder in seine Koje legen sollte, trat schließlich aber ans Fenster und starrte auf den dunklen Platz, auf dem hier und da Kalluks Lampe aufblitzte. Das hättest du dir sparen können, sagte ich, Wiebke weiß, warum sie das abbekommen hat, sie wird jetzt keinen zu sich hereinlassen, nicht einmal mich. Ich glaube, sie heult, sagte Arne. Das soll sie nur, sagte ich, danach wird sie gut schlafen. Erstaunt sah er mich an, meine Bemerkung gefiel ihm nicht, und als wollte er mich daran erinnern, daß jeder in Wiebkes Lage zumindest ein Recht auf Teilnahme hätte, sagte er: Man kann einen doch nicht allein lassen. Manchmal gibt's nichts Besseres, sagte ich; und dann fragte ich, ob Wiebke sich nicht gemeldet hatte auf sein Klopfen, und er sagte: Ja. Und, fragte ich, was hat sie gesagt? Laß mich in Ruhe. Siehst du, sagte ich, auch sie selbst wußte, was sie nötig hat.

Als David Lowery zum fünften Mal röhrte »I hate my generation«, hielt ich es nicht mehr aus; ich stand auf und ging zu Lars hinunter. Er lag angezogen auf dem Bett, rauchte und hörte sein Lieblingsalbum; bei meinem Anblick richtete er sich nicht einmal auf. Ich bat ihn, die Musik leiser zu stellen oder doch zumindest die Platte zu wechseln, worauf er mich einlud, einen Augenblick zuzuhören und auf den Text zu achten, der sich, unterm Gitarrenrock, als Kampfansage gibt. Hör genau zu, sagte er, das ist eine Kampfansage gegen die Warmduscher. Großer Gott, sagte ich, was haben die euch denn getan? Für Lowery sind sie die Letzten, sagte Lars, sie müssen sogar ihre Niederlagen stilisieren. Die Warmduscher? Die Warmduscher, ja. Auf diese Einsicht war ich wirklich nicht gefaßt, sagte ich und bat ihn noch einmal, die Musik leiser zu stellen. Lars tat es bereitwillig, dann bot er mir einen Stuhl an und eine Zigarette und fragte, ob ich nicht bald fertig sei mit dem Sichten und Wegpacken, und ohne meine Antwort abzuwarten, deutete er auf die offene kleine Pappschachtel, die ich in der Hand hielt. In der Schachtel lag ein Schnurknäuel, lag auch die geflochtene rotweiße Schnur, die einst Lars und die Clique am Handgelenk trugen, als Zeichen der Zusammengehörigkeit. Sieh mal an, sagte Lars, unser altes Erkennungszeichen. Er nahm die Schnur und legte sie wie maßnehmend um sein Handgelenk. Damals hielten wir zusammen, sagte er, und mit gutmütigem Spott: Gegen uns kam keiner auf. Eben, sagte ich, ihr wußtet, was ihr aneinander hattet, und was euch an der Welt störte, habt ihr gemeinsam fortgeräumt. Jedenfalls konnten wir uns aufeinander verlassen, sagte Lars.

Und was war mit ihm, fragte ich, mit Arne, warum habt ihr ihn nicht aufgenommen? Wolltet ihr nicht? Hattet ihr kein Vertrauen zu ihm? Er hat doch oft genug bei euch angeklopft. Er hat alles getan, was ihr von ihm verlangtet, das weißt du doch, sogar auf euer mieses Geschäft hat er sich eingelassen, hat für euch übernommen, wozu ihr nicht den Mut hattet. Lars sah mich mit hinterhältigem Lächeln an und sagte fest: Er war anders, Arne war anders, wenn dir das genügt, er paßte nicht zu uns. Er hob die Schnur von seinem Handgelenk, ließ sie lang ausfallen, brachte sie in sanfte pendelnde Bewegung. Von mir hat er sie nicht bekommen, sagte er, und fügte hinzu: Die anderen wollten sie ihm auch nicht geben, für sie war er einfach merkwürdig, ein sonderbarer Heiliger, mit dem sie nichts anfangen konnten. Die Schnur hat er von mir, sagte ich. Von dir, fragte Lars und drückte seine Zigarette aus und stand auf. Arne hatte sich zum Geburtstag eine Taschenlampe gewünscht, sagte ich, die Lampe war verpackt, in einem Pappkästchen, das verschnürt war, zufällig – mit rotweißer Schnur. Und ich sagte auch noch: Und nun leg dich wieder hin und denk über die Warmduscher nach – aber etwas leiser, wenn's geht.

Ich nahm ihm die Schnur ab und stieg zu mir hinauf, es war sehr still, Lars respektierte meinen Wunsch. Ich trat an Arnes Koje, auch sie stammte aus Pullnows Lager, von einem der Schiffe, die bei uns ausgeweidet, zerschnitten, zerlegt worden waren. Hier hatte er gelegen, mein Freund, mein Bruder, hier ist er gesund geworden nach dem Unfall auf dem Eis.

Eisschollen trieben damals die Elbe hinab, trudelten schwappend auf unserem Seitenarm, als ein bulliger Schlepper die »Lapponia« zu uns hereinbrachte, das ausgediente Fährschiff, dessen Trossen während der Überführung zweimal gebrochen waren. Du, Arne, standest mit den anderen auf unserem Anleger, sahst zu, wie der Schlepper das Eis krachend zur Seite pflügte, wie die Fähre festgemacht wurde und das Überführungskommando von Bord ging und vom Schlepper übernommen wurde. Ungeduldig wie so manches Mal, wartetet ihr darauf, eine erste Inspektion vorzunehmen, einen Streifzug in der Hoffnung auf kleine Beute.

Das Dingi lag auf Land; um die Strickleiter der »Lapponia« zu erreichen, wagten sie sich aufs Eis, allen voran Olaf Dolz, der tänzerisch von Scholle zu Scholle sprang und mit jedem Sprung sein Augenmaß bewies. Kleine Schollen, die unter seinem Gewicht wegzusacken und überspült zu werden drohten, berührte sein Fuß nur flüchtig, nur zum Absprung auf eine größere Scholle. Wie er, mit rudernden Armen, sein Gleichgewicht hielt! Wie er, mitunter mutwillig, auf kleinen Schollen wippte, nur um zu zeigen, wie überlegen er sich fortbewegte! Lachend erreichte er die Strickleiter, und bevor er hinaufkletterte, forderte er die anderen auf, ihm zu folgen. Und sie folgten ihm, nicht dicht hintereinander, sondern in berechnetem Abstand, wobei sie auf die Sprünge der Vorausgehenden achteten, seine geglückten Sprünge zu wiederholen suchten. Arne ging als letzter aufs Eis. Sie brauchten ihn wohl nicht zu ermuntern oder ihm gar spöttisch Mut abzuverlangen; nachdem Wiebke über die erste, offene, mit Eisgrus bedeckte

Stelle gesprungen war, machte auch er sich auf den Weg, behutsam und verhalten in seinen Bewegungen.

Vielleicht kam ein dünender Ausläufer von der Elbe herein, vielleicht zog auch hinter dem Fährschiff ein Schlepper vorbei, jedenfalls gerieten die Eisschollen in sanftes Torkeln, sie hoben sich, verzogen sich zur Schräge, tauchten schwappend ein, so unvermutet, daß Arne seinen Sprung nicht berechnen konnte. Er blieb auf der kleinen Scholle, die sein Gewicht nicht trug, stehen, sank tiefer und tiefer ein, langsam, wie in Zeitlupe, und als das Wasser seine Schenkel umspülte, verkantete sich die Scholle, und er rutschte ab. Er tauchte nicht unter, mit ausgebreiteten Armen hielt er sich über Wasser und rief die anderen zu Hilfe. Und durch das Glas sah ich, wie alle sich auf ihn zubewegten – Olaf Dolz kletterte so überstürzt von Bord der Fähre, daß er zuletzt aufs Eis fiel –, aber ich sah auch, wie der Spalt zwischen den Schollen sich vergrößerte und Arne sich nicht mehr halten konnte.

So schnell ich konnte, lief ich nach unten und ans Wasser. Mein Vater war schon da; er riß die hölzerne Leiter, die dort immer an unserem Anleger hing, von dem Haken, er nahm nicht die Leine oder den Bootshaken, sondern nur die Leiter und turnte mit ihr über die Schollen, mitunter stieß er sie auch flach voraus und kroch, wenn er einen größeren Spalt überwinden mußte, über die Sprossen. Dort, wo Arne schon einmal weggesackt, aber wieder aufgetaucht war, legte er sich auf die Leiter, schöpfte mit der Hand Eisgrus ab, packte Arne an den Schultern und zog ihn mit der Kraft, die mich so oft an ihm erstaunt hatte, aus dem Wasser. Er bettete Arne auf die Leiter. Er brachte ihn auf den Anleger, und hier legte er ihn hin mit dem Gesicht nach unten, kniete sich hin und bedrückte in ruhigem Rhythmus, mit flach aufliegenden Händen, Arnes Rücken, preßte so lange, bis aus dem Mund stoßweise Wasser floß. Als die anderen hinzutraten – scheu und verklemmt und ohne ein Wort zu sagen –, drehte mein Vater Arnes Körper um und wischte ihm das nasse Haar von der Stirn, bevor er sich, ohne uns zur Kenntnis zu nehmen, herabbeugte und ihn beatmete. Unter seinen gleichmäßigen Atemstößen legte Arne den Kopf zur Seite, öffnete die Augen, würgte, bibberte und machte einen Versuch, sich aufzustützen; da unterfing mein Vater ihn mit seinen Armen, hob ihn hoch und trug ihn ins Haus. Er sagte nichts. Er gab mir blickweise zu verstehen, mit ihm zu kommen.

Keine Quetschungen, lediglich einige Schrammen vom Eis: das, Arne, stellte der Arzt fest und schien selbst erleichtert, nachdem er dich untersucht hatte. Er empfahl aber Bettruhe, und anfangs hieltest du es kaum aus vor Ungeduld, ich mußte dir erzählen, was die anderen taten, was draußen passierte, es konnte dir nicht schnell genug gehen, wieder gesund zu werden. Meistens brachte ich dir dein Essen, aber einige Male kam auch Wiebke mit dem Tablett zu dir, und sie wunderte sich, daß du sie immer batest, dir eine Hand auf die Stirn zu legen, bevor sie ging. Sie tat es amüsiert, einmal jedoch schienst du sie erschreckt zu haben, denn für sie sahst du plötzlich sehr alt aus, alte Augen, alter Mund.

Wenn ich ihm nichts zu berichten hatte, bat er mich, ihm aus »Moby Dick« vorzulesen, er schlief dann schon nach wenigen Seiten ein, zumindest glaubte ich es, doch am nächsten Tag war er in der Lage, das Gehörte zu wiederholen, es zusammenzufassen. Bei einer Lesung – ich war sicher, daß er fest schlief – knallte ein Vogel gegen unsere große Scheibe, eine Drossel, die wohl von einem Sperber verfolgt wurde; der Knall war so laut, daß Arne auffuhr und aus dem Bett sprang und, bevor ich ihn daran hindern konnte, das Fenster öffnete. Der Vogel hatte nicht nur einen Abdruck, sondern auch ein paar weiche Federn hinterlassen, Flaumfedern, die am Glas klebten. Arne zupfte sie ab, beugte sich aus dem Fenster und blickte nach unten, konnte jedoch den verletzten Vogel nicht entdecken. Schon entschloß er sich, nach unten zu gehen, doch ich versperrte ihm die Tür. Ich schickte ihn ins Bett. Ich drohte ihm. Er gehorchte erst, nachdem ich ihm versprochen hatte, den Vogel zu suchen. Aufrecht im Bett sitzend, wartete er auf meine Nachricht: Hast du ihn gefunden? Nichts, sagte ich, der Vogel ist längst über alle Berge.

Als das Fieber stieg, kam auch mein Vater öfter zu uns herauf, er betrachtete Arne wortlos, tätschelte ihm die Wange, setzte sich auf einen Hokker und saß nur einfach da – mit der Ausdauer, mit der er viel erreicht hatte. Seine Pfeife blieb kalt. Manchmal brachte er Arne eine Birne mit oder ein Stück Kuchen; da seine Mitbringsel nicht angenommen wurden, gab er sie mir zur Aufbewahrung. Solange mein Vater bei uns war, konnte ich weder lesen noch schreiben, ich mußte meine Hausaufgaben hinauszögern, denn ich kam nicht von seinem Anblick los, von diesem krummen Körper, der sich in vollkommener Ruhe hielt, in Ergebenheit. Was er dachte oder fürchtete, ließ sich seinem Gesicht nicht ablesen, sein graues Gesicht blieb unbeweglich, selbst als er Arne einmal den Fieberschweiß abwischte, tat er es ohne erkennbare Bewegung. Dennoch ließ er es sich nicht nehmen, im Schneetreiben an der Straße auf den Arzt zu warten, um ihn rasch zu uns herabzulotsen.

Und weil das Fieber nicht sank, erschien er einmal auch im Morgengrauen, lautlos, denn er glaubte uns schlafend, doch bevor er sich auf den Hocker setzte, bat Arne ihn im Flüsterton zu sich. Beide nahmen Rücksicht auf mich, sie sprachen so leise, daß ich sie anfangs kaum verstehen konnte, aber allmählich hörte ich mich ein.

Ich lag ganz still. Arne wollte wissen, wie sie Freunde wurden, sein Vater und mein Vater, er wußte aus Erzählungen, daß sie gemeinsam auf der Bark »Elisabeth Schulte« gefahren waren, und hatte auch noch ein Foto in Erinnerung, das beide beim Deckschrubben zeigte. Mein Vater schien nicht überrascht zu sein, und er brauchte auch nicht lange in seinem Gedächtnis zu forschen, ihm fiel gleich die Seefahrtsschule ein, die Zeit der Ausbildung, als sie sich schon am ersten Tag begegneten, beim Empfang der Seesäcke. Wir beschlossen nicht, Freunde zu sein oder es zu werden, sagte mein Vater, Freundschaft kann man nicht beschließen. Hermann und ich: Jeder von uns kam von weit her, wir trafen aufeinander, erzählten uns, was nötig war, und stellten auf einmal fest, daß alles gemeinsam leichter war, einer war neben dir, mit dem du alles teilen konntest. Nach einer Pause sagte mein Vater: Dabei war keine letzte Harmonie zwischen uns, wenn du verstehst, was ich meine; auf Harmonie hab ich nie etwas gegeben. Einmal wart ihr auch in einem Boot zusammen, sagte Arne, in einem Rettungsboot; elf Tage triebt ihr, bis sie euch fanden. Was du alles weißt, sagte mein Vater und bestätigte, daß sie nach einer Havarie der »Elisabeth Schulte« – es war im Sturm bei den Kapverdischen Inseln – auf Anordnung des Kapitäns in die Boote gingen, zuerst waren sie zu dritt in einem Boot, aber der Steuermann starb an seinen Verletzungen und wurde dem Meer übergeben. Ich tat es, betonte mein Vater, ich allein; nach elf Tagen nahm uns ein norwegischer Walfänger auf.

Da ich husten mußte, schwiegen sie eine Weile, und danach sprachen sie so leise, daß ich kaum etwas verstehen konnte, aber einmal hob mein Vater seine Stimme und sagte entschieden: Nein, Junge, nein, nein, der Tod ist nichts Besonderes, nichts Beängstigendes, man nimmt ihn an, fertig.

Auch an seinem vierzehnten Geburtstag mußte Arne im Bett bleiben, dennoch habe ich ihn selten glücklicher erlebt als an diesem Tag. Die Überraschung gelang; unter dem Vorwand, nur sein Frühstück zu holen, ging ich in die Wohnung hinunter, wo alle schon versammelt waren, auch Lars und Wiebke, die sich dem Wunsch meiner Mutter nicht widersetzten, vor allem aber Arnes Großmutter, die, ohne daß er es erfuhr, aus ihrem Bremer Altersheim zu uns gekommen war. Mein Vater nannte sie Friederike. Sie war eine stämmige Frau mit schönem, breitwangigem Gesicht, ihr graues Haar war kurz geschnitten, über schwarzer Bluse trug sie einen weißen altmodischen Kragen nach Holländerart. Zu ihrer Krücke schien sie ein besonderes, ein persönliches Verhältnis zu haben; als die einmal auf den Boden fiel, schimpfte Arnes Großmutter sie aus, berief sie und drohte ihr.

Sind wir soweit, fragte mein Vater und antwortete sich selbst: Gut, dann kann's losgehen, Friederike wartet hier noch einen Augenblick. Wir zogen hinauf, jeder mit einem kleinen Geschenk, Wiebke trug den Schokoladenpuffer, von der zweibändigen Ausgabe von Don Quichote, die Arne sich gewünscht hatte, trugen Lars und mein Vater je einen Band, meine Mutter hatte sich für einen Pullover mit Rollkragen entschieden. Gesungen wurde nicht bei uns, nacheinander traten wir an Arnes Koje heran, nahmen seine heiße Hand, gratulierten ihm mit annähernd gleichen Worten und sahen dann zu, wie er sitzend die Geschenke betrachtete, bewertete. Wie seine Augen glänzten, als er den Don Quichote anblätterte, seine Freude darüber war so groß, daß er den Pullover übersah und mindestens zweimal aufgefordert werden mußte, den Kuchen zu probieren. Mit seinem Bordmesser schnitt er den Puffer säuberlich an und reichte jedem von uns ein Stück, ehe er selbst aß.

Als ich ihm das Kästchen mit der Taschenlampe aufs Zudeck legte, stutzte er. Fragend blickte er von mir zu Lars und zu Wiebke und wieder zu mir. Erst zupfte er an der Verschnürung. Dann machte er sich daran, die rotweiße Schnur aufzuknoten. Er schnitt sie nicht mit dem Messer durch, er pulte, kniff und zupfte so sorgsam, bis er die Schnur unversehrt und in ganzer Länge abnehmen konnte. Gemächlich wickelte er sie über seiner Hand auf und schob sie, da keiner von uns etwas sagte, unter das Kopfkissen. Die Taschenlampe gefiel ihm, und nachdem er mich einmal angeleuchtet hatte, legte er sie auf das schmale Bord über seiner Koje. Sein gesammelter Dank fiel gehemmt aus, Arne sagte lediglich: Ich freue mich zu allem, aber danach wollte er meine Hand nicht mehr loslassen.

Mein Vater wünschte ihm in unser aller Namen baldige Gesundheit, und plötzlich spielte er den Vergeßlichen: Richtig, sagte er, beinahe hätte ich's vergessen, da ist noch Besuch für dich gekommen, ganz überraschend. Auf seinen Wink ging Wiebke hinab und holte Arnes Großmutter, die ihre Annäherung durch heftiges Aufsetzen der Krücke bereits auf der Treppe signalisierte. Arne erriet sogleich, wer da kam, er ließ meine Hand los und starrte auf die Tür. Als die alte Frau eintrat, hatte sie nur Augen für ihn. Sie nahm nicht die Rahmen-Antenne, nicht die Schiffsglocke, nicht das Mobiliar aus einer Kapitänskajüte zur Kenntnis, sie sah nur Arne, und bevor sie an ihn herantrat, gab sie mir ihre Krücke und das in blaues Seidenpapier eingewickelte Geschenk zum Halten. Kein Wort zur Begrüßung, sie breitete nur die Arme aus und zog Arne an sich, so fest, so dauerhaft, daß keinem die Verzweiflung entging, die in dieser Geste erkennbar wurde. Auch Arne sagte kein Wort, er lächelte nur, als sie ihm übers Haar strich und ihm leicht in die Wange kniff. Das Geschenk packte er so vorsichtig aus, wie sie es sich wünschte, es war eine weißgraue Porzellanfigur, die sie, wie sie sagte, einmal aus Kopenhagen mitgebracht hatte: ein auf einem Delphin reitender Junge. Der Delphin war in einem herrlichen, einem übermütigen Sprung, und der Junge saß auf seinem Rücken und warf vor Begeisterung einen Arm in die Höhe.

Während Arne noch die Figur betrachtete, war Wiebke schon bei ihm und fragte: Darf ich mal, nur ganz schnell, und Arne gab ihr die Figur, die sie zu seiner Freude scheu und bewundernd betrachtete. Die ist aber schön, sagte sie und reichte sie an meine Mutter weiter. Was in dem Briefumschlag steckte, den seine Großmutter unter das Kopfkissen schob, brauchte ich nicht zu erraten. Arne öffnete den Umschlag nicht, anscheinend interessierte ihn in diesem Moment nicht die Höhe der Summe. Mit welcher Ruhe er sich die Vorwürfe anhörte, die seine Großmutter ihm machte: Wie oft habe ich dir gesagt und geschrieben, daß du achtgeben sollst auf dich, und jetzt das! Weißt du nicht mehr, was du mir versprochen hast, was wir abgemacht haben, woran wir immer denken wollten? Vermutlich erinnerte sich Arne aller Abmachungen und Ratschläge, vermutlich empfand er auch die Vorwürfe als gerecht, jedenfalls wartete er, bis die alte Frau schwieg, und umarmte sie dann heftig, so gut es in seiner Lage ging. Da sagte mein Vater: Los jetzt, die haben noch etwas zu bereden, wir wollen sie allein lassen.

Wir zogen aus. Wiebke stieß mich gleich hinter der Tür an, nickte mir auffordernd zu und ging mir voraus zu ihrem Zimmer. Sie überzeugte sich davon, daß die anderen, auch Lars, nach unten gegangen waren, wartete noch eine Sicherheitsminute und sagte dann: Jetzt weiß ich es, Hans, ich habe es selbst gehört, und als müßte sie sich vorsorglich entschuldigen, fügte sie hinzu: Ich habe nicht gelauscht, glaub mir, ich hab nur zufällig mitgehört. Sie hatte also mitbekommen, wie Arnes Großmutter in einem Gespräch mit meinem Vater das Unglück erklärte oder zu erklären versuchte; angeblich hatte mein Vater das Gespräch darauf gebracht, weil er hoffte, von der alten Frau die letzten Gründe erfahren zu können, die zu der Verzweiflungstat geführt hatten. Und was waren die Gründe, fragte ich.

Schulden, sagte Wiebke, ich habe mich bestimmt nicht verhört; so viele Schulden, daß sie ihr ganzes Leben davon nicht runtergekommen wären. Ihr Schiff, das gehörte ihm zuletzt nicht mehr, und das Geld, das er brauchte, konnte er nicht mehr auftreiben. Und was sagte Vater dazu, fragte ich, und Wiebke darauf: Zuerst war er ganz still, aber dann grummelte er und stöhnte, er wollte es einfach nicht glauben und sagte ein paarmal: Das ist doch kein Grund. Wiebke sah mich erwartungsvoll an, gespannt auf meine Reaktion, aber ich konnte ihr nicht mehr sagen als: Für uns nicht, Winnie, für uns wäre das kein Grund, aber es gibt Leute, die nicht damit fertig werden. Sie schien darüber nachzudenken, kam aber wohl zu keinem Ergebnis für sich selbst und fragte mich, ob Arnes Großmutter mir auch etwas zugesteckt hatte – sie und Lars hatten jeder zwanzig Mark von ihr bekommen. Ich hatte noch nichts von ihr bekommen, meinen Zwanziger erhielt ich auf dem Bahnhof, als ich sie an den Zug nach Bremen brachte.

Arne schlief schon wieder. Ein Ausdruck von leichtem Unwillen lag auf seinem kleinen Gesicht. Obwohl ich so nah vor ihm stand, daß er meinen Atem hätte spüren müssen, erwachte er nicht, mitunter zuckten seine Lippen, und er machte eine schnelle Schluckbewegung und atmete lang und erleichtert aus. Der Unwille verflog, sein Gesicht ellte sich auf und zeigte sich für einen Augenblick unter einem Schleier banger Freude. Als er seine Lage veränderte, einen Arm unter den Kopf schob, sah ich, daß er in seiner Hand die rotweiße Schnur hielt, er hatte sie nicht ganz umschlossen, hielt sie aber so fest, daß er gewiß erwacht wäre, wenn sie ihm einer genommen hätte.

Die verspakte Schwimmweste lag immer noch unbenutzt in dem Kasten, desgleichen das Paar Segeltuchschuhe und der aus Tauwerk geflochtene Fender, der einst die Bordwand einer Segelyacht geschützt hatte; ich hob alles heraus und legte es zunächst auf den Fußboden, unsicher, welch einen endgültigen Platz ich den Dingen zuweisen sollte. Unter einem Satz Signalflaggen fand ich auch das Stück der gekappten Reuse, das mehrfach geflickte Reusen-Ende, den Sack, dessen kleinste Maschen blind waren von verkrusteten Algen. Das Netzwerk knisterte, als ich es zwischen meinen Fingern rieb, Algenstaub rieselte heraus. Keiner von uns, Arne, hatte damals bemerkt, wie du das Reusenstück einstecktest, und wenn es einem aufgefallen wäre, hätte er sich vermutlich darüber gewundert, daß er dir wert genug war, aufgehoben zu werden, aber in der Zeit unserer Gemeinsamkeit habe ich von dir gelernt, daß alles an Bedeutung gewinnen kann – auch das Kleine, das Unscheinbare –, wenn es nur etwas bezeugt. Dir jedenfalls muß sie viel bedeutet haben, unsere sonntägliche Fahrt elbaufwärts, zu der mein Vater uns alle eingeladen hatte, in seiner grundüberholten Pinasse, die achtern am Stock eine reichlich zugemessene Hamburger Flagge führte.

Was da mitgeschleppt wurde! Ein Korb mit belegten Brötchen, Fischbrötchen zumeist, ein Säckchen unausgepulter Krabben, Schwarzbrot in Scheiben, Waffeln und Hefekuchen, panierte Koteletts und Kartoffelsalat, sogenanntes Tafelobst, das vom Fruchtschuppen stammte, und selbstverständlich auch kalte und warme Getränke. Den Proviant durchmusternd, fiel meiner Mutter noch rechtzeitig ein, daß Wiebke die hartgekochten Eier vergessen hatte, und nachdem die sorgsam verstaut waren, sagte mein Vater: So, bis Grönland halten wir jetzt wohl durch. Kein Dunst lag über dem Wasser, es war ein klarer Tag, kaum Wind, der Messingbeschlag glänzte in der Sonne.

Während mein Vater einen Reservekanister mit Treibstoff füllte, fragte Arne plötzlich: Darf Herr Kalluk nicht mitfahren, und wie um seine Frage zu rechtfertigen, sagte er: Ich glaube, daß er sich freuen würde. Wir sahen uns überrascht an, von uns wäre keiner auf die Idee gekommen, Kalluk zu der Fahrt einzuladen, und am wenigsten Lars, der gleich abwinkte und die Augen verdrehte und murmelte: Der hat uns gerade noch gefehlt, da können wir gleich ein Stück Treibholz auf die Bank setzen. Red nicht so, sagte meine Mutter, und Wiebke berief ihn: Dreh dich lieber um, wenn ich mich umziehe.

Arne stieg noch nicht ins Boot, er wartete auf die Entscheidung meines Vaters, und als der ihn mit drei Worten beauftragte, Kalluk zu holen, rannte er los, Kurven schlagend mit ausgebreiteten Seglerarmen. Ohne vorher durchs Fenster zu linsen, stürmte er in Kalluks Behausung und wollte nicht wieder erscheinen, so oft wir auch riefen und pfiffen. Wir saßen bereits alle im Boot, ungeduldig, der Motor lief, wir spürten die Vibrationen in unseren Körpern. Lars hielt mit meiner Mutter die mittlere Ducht besetzt, mein Vater und ich saßen auf der Heckbank, Wiebke, die zum ersten Mal ihre zweiteilige, zitronengelbe Strandkombination trug, lagerte sich auf den Bodenbrettern, über die sie eine Decke gebreitet hatte. Eines dieser grauen schlanken Boote der Wasserschutzpolizei lief in unseren Arm, auf unserer Höhe wendete es fast auf dem Teller, und bevor es wieder Fahrt aufnahm, rief eine Stimme durchs Megaphon meinen Vater an. Wo soll's hingehen, Harald, fragte die Stimme, und mein Vater, seine Hände als Trichter benutzend: Valparaiso. Na, dann gute Fahrt. Danke, Knut, danke.

Endlich erschien Kalluk, noch im Gehen knöpfte er sich sein Hemd zu, Arne trug Kalluks Jacke und lief ihm voraus. Kalluk dankte meinem Vater für die Einladung und entschuldigte sich dafür, daß er ihn habe warten lassen, er mußte sich nur rasch rasieren und ein frisches Hemd anziehen. Gegen meine Mutter verbeugte er sich leicht, mir nickte er flüchtig zu; daß Arne sich gleich neben ihn setzte, schien ihn zu freuen, er schien es wohl auch erhofft zu haben. Aufrecht sitzend, mit erhobenem Gesicht blickte er dann über uns hinweg zum Strom, nachdenklich, vermutlich beschäftigt mit Erinnerung, und wenn nicht dies, so wollte er uns durch seine Haltung zu verstehen geben, daß er keinen Wert darauf legte, angesprochen zu werden. Möwen hängten sich über uns, als wir den Seitenarm hinabfuhren, Lars visierte sie über den Daumen an und machte Zielübungen. Wir winkten dem alten Dolz zu, der rauchend auf seinem Holzsteg saß. Auf der Elbe winkten wir den Passagieren der Hafenfähre zu, und dann noch einmal den Insassen der Senatsbarkasse, die uns knapp passierte; die afrikanischen Gäste in ihren schönen weißen Gewändern sahen uns zunächst nur verwundert an, winkten dann aber zurück, lasch und verzögert, wie von einem anderen Ende der Welt. An den dunklen Wänden der Docks vorbei, an besetzten Liegeplätzen und den Anlegern einiger

Fabriken tuckerten wir elbaufwärts, es war auflaufendes Wasser, wir kamen gut voran, überholten einmal sogar einen Schleppzug, von dem uns ein kleiner struppiger Bordhund anbellte, so wütend und geifernd, daß wir schon glaubten, er würde zu uns herüberspringen. Bald wurde es ländlicher, der Strom schien mehr und mehr sich selbst zu gehören, wurde jedenfalls nicht mehr so ausschließlich in Anspruch genommen für ergiebige Bewirtschaftung; Streifen von Uferschilf zeigten sich, schmaler Sandstrand lud zur Landung ein, und dort, wo Wochenendhäuser nicht den Blick versperrten, fanden wir Wiesen und Felder. Mein Vater wollte den Landeplatz nicht allein bestimmen, er forderte uns auf, Ausschau zu halten, worauf alle sich dem Ufer zuwandten und hin und wieder die Hand ausstreckten und durcheinanderriefen: Da, oder doch lieber da, im Schilf, nein, nein, am Sandstrand.

Wiebke wollte zu einem sandigen, von Schilf eingeschlossenen Platz, und weil Arne ihr gleich zustimmte, gab mein Vater ihrem Wunsch nach und steuerte das Boot bei verlangsamter Fahrt auf den braunen Streifen hinauf: ein Knirschen, ein Ruck, und wir saßen fest und sicherten das Boot mit der Bugleine, die um eine alte Weide gelegt wurde. Bevor wir uns zu endgültigem Bleiben entschlossen, saßen und lagerten wir zur Probe, die

Aussicht auf den Strom gefiel uns, das leise Rascheln im Schilf, meine Mutter lobte die Wärme des Sandes, und sogar Lars fand sich mit dem Platz ab, als er feststellte, daß auf einer nahen Koppel ein paar Pferde weideten. Wir breiteten Decken aus, schleppten die Eßwaren aus dem Boot, die wir auf angeschwemmtes Kistenholz stellten, und dann nahm sich jeder, was er mochte, und setzte sich so, daß er auf den Strom blickte.

Kalluk saß für sich allein; als ich ihm vorschlug, näher heranzukommen, lächelte er mir dankbar zu, blieb jedoch, wo er war. Wir aßen ausdauernd, nur mein Vater redete ab und zu, er kannte so manches der vorbeiziehenden Binnenschiffe, kannte ihre Tonnage und wußte, wo ihr Heimathafen war – mit all seinen Kenntnissen hat er bei mancher Gelegenheit nicht nur uns verblüfft. Arne war sein aufmerksamster Zuhörer, mitunter bewegte er die Lippen, als wiederholte er die Einzelheiten, die er gerade erfahren hatte, nur um sie so leichter behalten zu können. Nochmals mußte ihm meine Mutter zureden, mehr zu essen, noch eine Waffel zu nehmen oder eine Birne, er nahm sich dann auch etwas, hielt es eine Weile in der Hand und legte es heimlich in den Korb zurück. Als Lars und Wiebke uns verließen, um die nahe Umgebung zu erforschen, wäre er gern mitgegangen, doch Lars hatte nur Wiebke aufgefordert, ihn zu begleiten, und so blieb Arne enttäuscht bei mir und ließ Sand auf meine Füße rieseln, bis sie ganz bedeckt waren. Er lehnte seinen Kopf an meine Schulter, setzte sich aber gespannt auf, als mein Vater sich erhob und zu Kalluk hinschlenderte und sich ohne ein Wort neben ihm niederließ. Mein Vater bot Kalluk einen Schluck Apfelschnaps aus seinem Flachmann an, doch der schüttelte den Kopf und deutete auf den Strom hinaus, wo ein hellblauer Plastikballon, leicht torkelnd in den Wellen, vorüberschwamm. Die beiden kennen sich gut, sagte Arne. Ja, sagte ich, sie kennen sich gut. Und sie sind bestimmt Freunde, sagte Arne. Bestimmt, sagte ich, sie verbindet so manches, sie halten viel voneinander, Onkel Harald kann sich immer auf Kalluk verlassen.

Du schwiegst darauf, Arne, ich ahnte, woran du dachtest, was du erwogst und aus deinen eigenen Gründen wissen wolltest, und ich war nicht überrascht, als du mich leise fragtest, wie die Freundschaft begann und wie lange sie schon dauerte. Unverwandt sahst du zu ihm hinüber, während ich verkürzt erzählte, daß der Schiffsingenieur Kalluk aus Estland stammte und vor langer Zeit versucht hatte, sein Land heimlich zu verlassen, da sie seinen Paß eingezogen hatten und ihn auf kein Schiff ließen. Er fand einen Mann, der ihm gegen hohe Bezahlung versprach, ihn auf einem Kutter nach

116

Schweden zu bringen, doch als die Küste außer Sicht war, stieß ihn einer von der Besatzung über Bord. Die Ostsee war ruhig. Kalluk schwamm. Er schwamm sieben Stunden. Onkel Harald hatte das Kommando über den Schlepper, mit dem sie den alten finnischen Eisbrecher zum Abwracken überführten; sie entdeckten den Schwimmer, sie nahmen ihn an Bord, und er mußte die Reise bis zu uns mitmachen.

Mehr wollte ich Arne zunächst nicht sagen, aber da er so erwartungsvoll schwieg, erzählte es sich wie von selbst weiter, oder ich hatte doch den Eindruck, daß es so war, jedenfalls vertraute ich ihm an, daß Kalluk vorerst zwei Jahre bei uns blieb, nachdem mein Vater ihm den Weg geebnet hatte, zwei Jahre, in denen er Hilfsarbeiten verrichtete. Und an einem Abend sah er unvermutet den Mann wieder, der ihn von Bord gestoßen hatte, Kalluk entdeckte ihn auf einem Frachter, der Grubenholz geladen hatte, er selbst blieb unerkannt. Und dann, fragte Arne, und ich erzählte ihm, daß Kalluk zu seiner Behausung ging und die Leuchtpistole holte, die er in Pullnows Lager erworben hatte, dann kehrte er zum Schiff zurück und schoß dem Mann ins Gesicht. Mein Vater riet ihm, sich der Polizei zu stellen, und er versprach ihm schon damals, daß er zu uns kommen könnte, wenn er wieder frei sei; und das hat er getan und ist jetzt wieder bei uns.

Arnes suchende Augen schlossen sich für einen Moment, seine Lippen zitterten. Ich spürte, daß er etwas sagen wollte, doch er schluckte nur und griff mit einer Hand in den Sand und saß stumm da – nicht zweifelnd, ob das, was ich ihm erzählt hatte, geschehen war, sondern einfach nur hilflos, weil ihm kein Wort einfiel zu dem, was geschehen war. Er stellte keine einzige Frage, wollte nicht mehr wissen, obwohl er voraussetzen konnte, daß ich mehr wußte, als ich ihm erzählt hatte – er nahm alles auf und bewertete es für sich, ohne zu urteilen. Aber als mein Vater einmal zum Wasser hinabging, um einen Baumstumpf zu bergen, stand Arne auf und näherte sich Kalluk und blieb vor ihm stehen. Ich konnte nicht verstehen, was Arne sagte, doch ich sah den Ausdruck von Ungläubigkeit und Überraschung auf Kalluks Gesicht, sah auch, wie der Mann auf den Boden klopfte und so Arne zum Sitzen einlud und ihn anscheinend ermunterte, mehr zu sagen. Und Arne tat es und sprach, mitunter nach Worten suchend, zu Kalluk hin, der belustigt den Kopf schüttelte, sich freute, hin und wieder auch auflachte. Zu meinem Erstaunen schlug er ihm leicht auf die Schulter und nickte anerkennend, einmal zog er ihn auch an sich, was er nie mit einem von uns getan hatte. Mit einem von uns hatte er auch noch nie so viel gesprochen – meinen Vater ausgenommen, mit dem er schon einen ganzen Abend lang gesprochen hatte.

Sie horchten auf, als ein verstümmelter Fluch zu uns drang, es war Wiebkes Stimme, die im Schilf fluchte oder doch am Rand des Schilfs, und gleich darauf erschien sie auch, barfuß, mit schlenkrigen Bewegungen. Wiebke ging im flachen Wasser, dort, wo der Schilfgürtel auslief, hinter ihr erschien Lars, der schadenfroh grinste. Sie strebte zu meinem Vater hin und setzte sich auf den geborgenen Baumstamm und untersuchte die Füße, rubbelte, schabte, entfernte da etwas. Ich ging zu ihr und sah, daß sie in verklumptes Öl getreten war, vielleicht war sie auch in einen Ölflecken hineingesprungen, denn Spritzer der funkelnden Masse klebten auf ihren Waden, und auch auf der Hose ihrer Strandkombination schillerten kleine Batzen. Mein Vater kniete vor ihr und tröstete sie: Sei froh, daß du nicht auf eine Glasscherbe getreten bist. Mit der stumpfen Seite seines Bordmessers strich er über Wiebkes Beine, zog langsam schabend das Gröbste ab, an ihre Hose wagte er sich nicht, die wollte er zuhause mit Benzin bearbeiten. Blutet es, fragte Arne, der auf einmal neben mir stand, und mein Vater darauf: Es ist nur Öl, das kriegen wir schon ab. Arne glaubte zu wissen, was man tun muß, um die Zehen von Öl zu säubern, vor allem die Zwischenräume, in denen die Masse sich hartnäckig hielt, er sagte: Am Strand an der Nordsee, da bin ich auch mal reingetreten. Nu, dann mach mal, sagte mein Vater, und Arne nahm mit beiden Händen feinen Sand auf, tauchte ihn ins Wasser und forderte Wiebke auf, ihm ihr Bein hinzustrecken. Er drückte den Sand an, begann zu reiben, er zwängte einen Finger zwischen die Zehen, drehte ihn, bohrte, zog ihn forsch durch – beim Zuschauen glaubte ich einzelne Sandkörner zwischen meinen eigenen Zehen zu spüren. Anscheinend tat es ihr weh, denn sie seufzte unwillig, worauf er eine neue Ladung Sand aufnahm, sie näßte und Wiebkes Knöchel zu bearbeiten begann und die Ferse und den Spann ihres Fußes. Es entging mir nicht, daß er es vermied, zu Wiebke hochzublicken, auch wenn er sprach, sah er nur auf die Stelle, die er reibend und rubbelnd säuberte. Dort, wo er ihre Haut hingebungsvoll bearbeitete, entstanden rötliche Flecken, Wiebke fuhr mit ihren Fingerspitzen darüber, gerade so, als wollte sie die Temperatur erfühlen. Es brennt ganz schön, sagte sie, es wird heiß, ich glaube, ich muß mich abkühlen, und nach dieser Ankündigung sprang sie auch schon auf und watete ins Wasser und zog platschend am Ufer auf und ab.

Mein Vater klatschte in die Hände. So, Leute, verkündete er, jetzt ist mal für eine Weile Ruhe im Schiff. Er legte sich auf die Decke, auf der bereits meine Mutter lag, warf sich auf die Seite und schlief gleich ein – jedenfalls gab es für uns keinen Zweifel, daß er, der an jedem Ort und zu jeder Zeit schlafen konnte, wie aufs Stichwort zur Ruhe gefunden hatte. Auch die anderen streckten sich aus, Wiebke erst, nachdem sie sich eingecremt hatte, wir lagen da wie eine schiffbrüchige Familie, die eine große Flut auf den schmalen Sandstrand hinaufgetragen und beim Ablaufen vergessen hatte. Diesen Anblick hätten wir vielleicht einem der Segelflieger geboten, die lautlos über uns schwebten und nur wenn sie tiefer herabkamen und dann hochzogen, einen sausenden Luftzug hervorriefen. Ich sah ihnen zu und brauchte mich nicht zu vergewissern, wer da zu mir gekrochen kam, ganz nah, so daß unsere Gesichter sich fast berührten, ich wußte, daß es Arne war.

Hans? Ja? Er versteht Finnisch, flüsterte Arne, ich habe Kalluk gefragt, ob er zufällig Finnisch versteht, er kann es nicht sprechen, aber er versteht es; er sagte: wer Estnisch kann, der versteht zur Not auch Finnisch. Habt ihr das gerade herausgefunden, fragte ich. Herr Kalluk wollte, daß ich etwas auf Finnisch sagte, er wollte immer mehr hören, manches verstand er nicht, ich habe es dann wiederholt, und er hat sich gefreut, er hat gelacht und sich gefreut, und zum Schluß hat er mich zu sich eingeladen; seine Einladung hat er auf Estnisch wiederholt, aber das verstand ich nicht. Wart nur ab, sagte ich, Kalluk und du, ihr werdet noch Freunde. Arne legte seinen Kopf auf meinen Bauch und lag ganz ruhig da, vermutlich mit gerade erworbenem Wissen und meiner Voraussage beschäftigt. Aber sein Schweigen dauerte nicht lange, denn er hatte still für sich einen Entschluß gefaßt und konnte ihn nicht für sich behalten, es war jedoch kein endgültiger Entschluß – das merkte ich bald –, sondern eher ein Entwurf, eine Erwägung, eine bedachte Möglichkeit. Wir hatten uns ja so manches Mal, wenn wir in unseren Betten lagen, über unsere Zukunft, unsere Berufswünsche unterhalten, und Arne schwankte, er war unsicher, ob er Lehrer oder Buchhändler oder Dolmetscher werden sollte, jetzt aber glaubte er, sich endgültig für den Beruf des Dolmetschers entschieden zu haben. Er sagte es zumindest, doch ich überhörte nicht die Anfrage, die in seiner Feststellung verborgen war, und wußte, was er von mir erwartete. Was meinst du, Hans? Ich mußte an einen Klassenkameraden denken, dessen Vater Gerichtsdolmetscher war, und der mir von den Folgen eines einzigen Übersetzungsfehlers erzählt hatte. Das wäre bestimmt ein Beruf für dich, sagte ich, aber du mußt dir darüber klarwerden, welche Art von Dolmetscher du sein möchtest und wo du arbeiten willst: Simultandolmetscher bei Konferenzen, oder bei der Ausländerbehörde, oder – und das wäre wohl das Richtige für dich – Gerichtsdolmetscher. Ja, Arne, sagte ich, als Dolmetscher bei Gericht, da könntest du einmal wichtige Arbeit tun, und je seltener die Sprachen sind, die du beherrschst, desto größer die Chance, daß du angenommen wirst. Ich bestätigte ihn in seiner Wahl, wie er es gehofft hatte, vergaß aber nicht, ihn darauf hinzuweisen, daß er ja noch Zeit hätte und daß er noch viel tun müßte, um eines Tages die Prüfung zu bestehen. Das nahm er wie selbstverständlich hin, er empfand ein zusätzliches Pensum nicht als Belastung, er schien nur noch unsicher zu sein, welche Sprachen – neben Finnisch – er sich aneignen sollte, Finnisch stand für ihn fest. Er sagte dann nichts mehr und blieb ruhig liegen mit dem Kopf auf meinem Bauch. Der Schiffsverkehr auf dem Strom interessierte ihn nicht mehr, im Unterschied zu Wiebke, die auf der Bordkante unserer Pinasse saß, ihre Beine baumeln ließ und Gefallen daran fand, daß sie ab und zu von einem vorbeiziehenden Motorboot mit einem Hornsignal gegrüßt wurde.

Obwohl es ihm an unserem Platz gefiel: Lars war der erste, der von Aufbruch sprach, er hatte die Pferde auf der Koppel mit Brot gefüttert, hatte stromaufwärts bei einem Angler gesessen und war auf ein Zelt von Kajaksportlern gestoßen, die ihn zu Tee mit Rum einladen wollten – das reichte ihm, er hatte anscheinend genug erlebt, und er hockte sich neben uns hin und versuchte uns zu überreden, für baldigen Aufbruch zu stimmen. Wir hörten ihm zu. Plötzlich unterbrach er sich, er stubste uns an, deutete auf den Strom hinaus, wo eine grauweiße elegante Motoryacht vorüberglitt, auf dem Deck standen zwei Liegestühle, in denen Mädchen schliefen oder sich sonnten. Den Namen, sagte Lars, guckt euch den Namen an. Die Yacht hieß »Albatros«. Hieß nicht so einer – fragte Lars, doch bevor er noch seine Frage beendet hatte, war Arne schon aufgesprungen, er rannte schon zum Ufer und starrte zur Yacht hinüber. Am Ruder war ein bärtiger Mann in Shorts zu erkennen, der, als er unseren mageren Strand passierte, ein Glas an die Augen hob und Arne oder uns alle musterte. Arnes verhaltenes Winken erwiderte er nicht, er rief den Mädchen etwas zu, vielleicht wollte er sie auf uns aufmerksam machen, doch sie setzten sich nicht auf und schauten nicht zu uns herüber. Dicht am Wasser ließ Arne sich in den Sand fallen, kippte einfach zur Seite und stützte sich erst im letzten Augenblick ab. Was ist los mit ihm, fragte Lars und erreichte mit seiner Frage, daß ich mich sogleich beunruhigte – mitunter geschah es bereits aus geringfügigem Anlaß, so, wenn Arne zu bibbern begann oder unerwartet aufstöhnte oder seinen ver-

lorenen Blick bekam – und zu ihm hinabging, der
jetzt auf der Seite lag und der Yacht nachstarrte.
Du möchtest da wohl an Bord sein, sagte ich, und
da er schwieg: Vermutlich ist ihnen kein anderer
Name für ihr Schiff eingefallen; und da er immer
noch schwieg, sagte ich: Was meinst du, wie viele
Boote es bei uns und an der Küste gibt, die diesen
Namen tragen, eine ganze Flotte kommt da zusammen. Der Albatros ist ein Sturmvogel, sagte
Arne, mein Vater hat mir erzählt, daß er über hundert Meilen fliegen kann, ohne sich ausruhen zu
müssen. Leise fügte er hinzu: Aber er ist ein
schlechter Taucher. Das sagte er sachlich, ohne die
mindeste Erregung und ohne zu erkennen zu geben, was ihn bewegte.

Dein Lächeln und dein Blinzeln verrieten mir,
Arne, daß du über einen Schmerz, über eine alte
Angst hinweggekommen warst, du gucktest mich
an, als seist du erwacht und stelltest froh und verwundert fest, daß du nicht allein warst. Und wie
schnell du aufsprangst, als mein Vater in die Hände
klatschte und rief: Reise, Reise, Kinder, alles einpacken, es geht wieder heimwärts.

Wir trugen unsere Sachen ins Boot, Kalluk und
ich stießen es ab und rollten uns gleichzeitig über
die Bordwand hinein, und noch bevor die Strömung uns erfaßte und abtrieb, startete mein Vater
den Motor. Ein leichter Wind war aufgekommen,

es war kühl auf dem Wasser, Arne suchte meine Nähe und schmiegte sich an mich. Nur Wiebke schien die Kühle nicht zu spüren, sie setzte sich auf die kurze Ducht im Bug und legte ihre Beine auf die Bordwand und trommelte mit den Fingern den Takt zu einer heimlichen Musik, die sie in ihren Ohren hörte. Arne kam nicht von ihrem Anblick los, er beachtete weder den im Strom verankerten Bagger noch den historischen Raddampfer, der an uns vorbeizog, offenbar wartete er darauf, daß Wiebke sich ihm zuwandte, um einen Blick zu tauschen oder ein Nicken oder ein Lächeln. Sie gefiel mir auf einmal. Zum ersten Mal wurde mir bewußt, daß ich Wiebke anders anschaute als in all den Jahren zuvor, die zitronengelbe Strandkombination, die mir noch bei der Abfahrt lächerlich vorgekommen war, gefiel mir jetzt, mir gefiel das sanfte Profil ihres Gesichts, ihr Haar und ihr schmaler fettloser Körper. Ich rief sie an, ich drohte ihr: Paß nur auf, daß du uns nicht über Bord gehst, worauf sie zurückrief: Mich braucht keiner zu retten. Sie wäre dort im Bug sitzen geblieben, wenn meine Mutter nicht eingegriffen hätte, ihr ging wohl jetzt erst auf, daß Wiebke sich tatsächlich gefährdete, und es machte mir Vergnügen, wie Wiebke, mißmutig zuerst und quengelnd, dann aber folgsam der Aufforderung nachgab: Komm da runter, Kind, setz dich zu mir.

Alle waren wir müde, jeder hing seinen Gedanken nach und nahm nur gleichmütig zur Kenntnis – jedenfalls ohne ein Wort zu verlieren –, wie der Verkehr auf dem Strom sich belebte und die befestigten Ufer zurücktraten, wir hängten uns an einen Lastkahn, fuhren lange in seinem verlaufenden Kielwasser, bis wir auf einmal aufhorchten, mit Verzögerung aufhorchten. Es dauerte mehrere Sekunden, ehe wir begriffen, daß es unser Motor war, der nicht mehr gleichmäßig arbeitete, sondern in schneller, fast überstürzter Weise pochte, ausfiel und wieder ansprang und gleich darauf, mit einem abnehmenden Schleifgeräusch, endgültig verstummte. Der Abstand zum Lastkahn vergrößerte sich, wir verloren an Fahrt. Wie ruhig mein Vater die Verkleidung des Motors abhob, wie gelassen er Kerzen und Leitungen überprüfte und die Besorgnis meiner Mutter zerstreute: Wird schon wieder, kriegen wir gleich hin. Immer wieder versuchte er den Motor zu starten, doch wir hörten nur das heisere schleifende Geräusch, das mit einem Puffen endete. Wir konnten unseren Kurs nicht mehr halten, sacht drehte uns die Strömung, trieb uns quer vor sich her.

Da forderte Kalluk uns auf, ihn festzuhalten, und während er sich mit dem Oberkörper über die Bordwand hängte, umklammerten Arne und ich seine Beine, und mit den Händen zogen wir sie nieder und ermöglichten es ihm so, sein Gesicht aufs Wasser zu senken. Er schnaufte. Er prustete. Dann kam er mit einer schnellenden Bewegung hoch und sagte zu meinem Vater: Die Schraube, etwas hat sich in der Schraube verfangen, sieht aus wie eine Reuse, und ohne abzuwarten, was mein Vater sagen oder wie er entscheiden würde, zog er sich schon sein Hemd aus und warf es Arne zu und gab mir zu verstehen, ihm die Leine zu reichen, die er sich um die Hüfte schlang und verknotete. Mein Vater übernahm die Leine, mit beiden Händen hielt er sie fest und signalisierte Kalluk mit einem Augenplinkern, daß er bereit sei. Kalluk setzte sich auf die Bordwand, ein paarmal atmete er heftig ein und aus, dann stieß er sich berechnet ab und tauchte ein. Die Strömung drückte ihn gegen das Boot, er brauchte sich nur entlangzutasten bis zur Schraube. Nachdem er noch einmal Luft geholt hatte, verschwand er unter Wasser. Über die Bordwand gebeugt, konnte ich sehen, wie er sich mit einer Hand am Ruder festhielt und mit der anderen versuchte, ein Knäuel wegzureißen, das sich über die Schraube gewickelt hatte und sie umschloß. Es gelang ihm nicht. Er zerrte und riß, packte zu und stieß sie ab – es gelang ihm nicht. Erschöpft tauchte er auf, spie Wasser aus und rief meinem Vater ein Wort zu, das dieser nicht gleich, Arne aber sofort verstand: Messer, er will ein Messer, kaum hatte

Arne es ausgesprochen, da sagte auch Kalluk: Messer, schnell, mein Vater reichte ihm sein aufgeklapptes Bordmesser. Kalluk tauchte abermals, ich sah, wie er die Klinge in das Knäuel stieß, es aufschnitt, ein loses Ende faßte und das Netzstück – ich erkannte, daß es ein Netzstück war – wickelnd und reißend von der Schraube löste. Das letzte Stück, das Ende des Reusensacks, brachte er mit hinauf und zeigte es meinem Vater, für den es keinen Zweifel gab, daß ein Elbfischer hier sein Fanggerät eingebüßt hatte, vermutlich, wie er sagte, durch eines der schnellen, starken Boote. Er legte das Netzstück neben Arne hin und startete den Motor, und als wir wieder Fahrt aufnahmen, bot er Kalluk einen Schluck aus seinem Flachmann an, und diesmal wurde sein Angebot angenommen. So, sagte meine Mutter zu mir, und jetzt leg ihm noch die Decke um, damit er sich nichts wegholt, wir wollen doch alle gesund nach Hause kommen.

Später, als wir an unserer Brücke anlegten, bestimmte sie, daß Kalluk einen Teil der übriggebliebenen Eßwaren bekommen sollte, sie selbst packte alles für ihn ab und legte es in einen Korb, und kaum hatte Kalluk ihr gedankt, da schnappte sich Arne den Korb und ging schon mal voraus. Daß er das Stück der Reuse eingesteckt hatte, war keinem von uns aufgefallen, und er zeigte es auch mir nicht, als er in der Dämmerung heimkehrte.

Die Briefe seines Freundes Toivo, die er selbst zusammengeschnürt hatte, legte ich in den Karton, bedrückt bei dem Gedanken, daß sie wohl niemand jemals lesen würde, desgleichen verstaute ich, ohne sie näher anzuschauen, seine bescheidene Sammlung von Ansichtskarten, die ihm Seeleute – auf seine Bitte hin – aus fernen Ländern geschickt hatten. Unter dem Packen von Postkarten fand ich einen angefangenen Brief an Wiebke, fand auch zu meiner Überraschung einen Brief von mir: den nicht abgeschickten oder übergebenen Bericht an unseren Schuldirektor. Arne hatte mich um den Brief gebeten, er wollte ihn aus einem Grund, den nur er allein kannte, aufbewahren – nachdem sich gezeigt hatte, daß der Schuldirektor keinen Wert darauf legte und ich ihn wegwerfen wollte. Paustian, unser Turnlehrer, hatte mir damals geraten, den Bericht zu schreiben, für den Fall, daß die Unbeherrschtheit, zu der ich mich hatte hinreißen lassen, späte Folgen haben sollte.

Beim Wiederlesen ging mir auf, wie viele Einzelheiten ich bereits vergessen hatte, etwas löscht die Zeit ja immer, etwas ebnet sie immer ein, aber allmählich stellte ich fest, daß es auch manches gibt, für das die Zeit nicht vergeht, ein einziges Wort kann schon ausreichen, um zurückzuholen, was verblaßt und entschwunden schien.

Mutprobe: der Sprung über den Kasten mit anschließender Rolle vorwärts sollte auch eine Art Mutprobe sein, das hatte Paustian so erdacht, der mich, nachdem meine Klasse ihre Turnstunde beendet hatte, zu sich rief. Er mußte etwas Dringendes erledigen, in zwanzig Minuten wollte er zurück sein, das versprach er. Er bat mich, für diese Zeit die Aufsicht über die jüngeren Schüler zu übernehmen, die bereits im Umkleideraum zu hören waren, Arnes Klasse, deren bester Turner Peter Brunswik war. Paustian, ein untersetzter, nervöser Mann, hatte mir schon mehrmals die Aufsicht über jüngere Schüler anvertraut – vielleicht, weil ich sein Vorturner am Barren und auf der Matte war. In meinem Bericht an den Schuldirektor erwähnte ich, daß Herr Paustian mich regelmäßig damit beauftragt hatte, Schülern beim Abgang von Turngeräten auch Hilfestellung zu geben, sie also davor zu bewahren, unglücklich zu stürzen. Mit der Versicherung, daß ich ihm einen großen Gefallen täte, übergab Paustian mir die Aufsicht und damit die Verantwortung.

Den ganzen Raum unserer Turnhalle ausnutzend, ließ ich sie im Kreis hüpfen und springen, Jungen und Mädchen durcheinander, ich machte ihnen vor, wie sie den Fuß aufsetzen, abrollen, abdrücken sollten, zeigte ihnen, wie sie die Arme lockern konnten durch Schlenkern und Ausschütteln, ordnete Rumpfkreisen und schnelles Treten auf der Stelle an. Wie ungelenk, wie steif Arne sich bewegte – doch was ihm an Beweglichkeit fehlte, ersetzte er durch Eifer, ich verzichtete darauf, ihn zu korrigieren oder gar zu berufen, wenn er in seinen eigenen Trott verfiel und die angeordneten Übungen mit Verspätung wiederholte. Wiebke aber ließ mir nichts anderes übrig, sie mußte ich ermahnen, wenn sie groteske Tanzschritte einlegte, ihre Mitschüler herausforderte oder sie in eine gewagte Bewegung hineinriß. Ich rief sie aus dem Kreis zu mir und schickte sie, sie allein, an die Kletterstange, und als sie ausgepumpt herabplumpste, übertrug ich ihr die Aufsicht über die Mädchenriege und hielt sie an, mit ihr Brücke und Rolle und Bockspringen zu üben.

Die Jungen trugen den Kasten an den Rand der Gummimatte, hoben einige Teile ab, so daß das Gerät nur noch kniehoch war, und dann machte ich vor, was Herr Paustian und ich von ihnen erwarteten: Anlauf, Hecht über den Kasten, Rolle vorwärts. Sie traten an, Peter Brunswik flog als erster über das Hindernis, schön gestreckt, in vollkommener Beherrschung, er sprang höher hinaus als erforderlich, fing sich ab und nutzte den Schwung der Rolle, um gleich wieder zum Stand zu kommen. Einer nach dem anderen absolvierte die Übung, ich stand neben der Matte, neben dem Kasten, die meisten brauchten keine Ermunterung, und ich brauchte keinem aufzuhelfen. Daß Arne jedem, der es wollte, den Vortritt ließ, blieb mir nicht verborgen, mitunter sah ich, daß er einen Mitschüler auch von sich aus anschob, geradeso, als wollte er für dessen erhöhte Anfangsgeschwindigkeit sorgen, aber er selbst zögerte oder drückte sich, bis er als Vorletzter dastand. Da endlich lief er an, nicht schnell, nicht konzentriert, er lief gemächlich an, geradewegs auf den Kasten zu, es war schon erkennbar, daß ihm zu einem glücklichen Sprung die Schnelligkeit fehlte, doch er stoppte auch nicht ab, sondern warf sich einfach über das Gerät und blieb angewinkelt liegen. Die anderen lachten, auch aus der Mädchenriege war Gelächter zu hören, Arne schien es nichts auszumachen, er blickte mich ratlos an und nickte nur ergeben, als ich ihn aufforderte, es noch einmal zu versuchen. In Erwartung seines Sprungs waren jetzt ein paar Schüler an die Matte herangetreten, sie feixten, sie pfiffen, sie winkten ihm zu, oh, ich sehe dich noch, Arne, sehe dich in leicht geduckter Haltung, deinen Blick auf das Hindernis gerichtet, und als du entschlossen losliefst und schneller und schneller wurdest und schon den Punkt suchtest, von dem du abspringen mußtest, gab es keinen Zweifel für mich, daß du es schaffen würdest. Du hattest gut kalkuliert und wärest sicher gelandet, wenn sich Brunswik nicht plötzlich unmittelbar hinter dem

Kasten hätte fallen lassen, mutwillig und so, als wollte er das Hindernis verlängern.

Mitten im Sprung, vermutlich, um nicht auf ihn zu fallen, drehtest du dich zur Seite, und statt dich mit den Händen abzufangen und die Rolle auszuführen, schlugst du mit der Schulter auf und bliebst auf der Matte liegen.

Ich half ihm, aufzustehen, führte ihn, der vor Schmerzen leise wimmerte, zu den abgebauten Teilen des Kastens und setzte mich neben ihn. Du bist gut abgekommen, sagte ich, und sagte auch: Es war ein guter Sprung, Arne, und die Rolle wäre dir auch gelungen, wenn er dich nicht irritiert hätte. Ich legte ihm einen Arm um die Schulter, doch da er zusammenzuckte, ließ ich ihn los und ging zu den anderen, die immer noch neben der Matte standen und auch jetzt noch belustigt schienen, nicht zuletzt Peter Brunswik, der offenbar die Anerkennung genoß, die man ihm verstohlen entgegenbrachte.

Nur ein einziges Mal schlug ich zu, er war so überrascht, daß er nicht auswich oder zurücksteppte, sondern nach dem Schlag lediglich eine Hand auf seinen Mund preßte. Eine Lippe war aufgesprungen, er blutete, wortlos zeigte er den anderen seine blutige Hand. Er sah mich haßerfüllt an, einen Augenblick glaubte ich, daß er sich auf mich stürzen würde, gewiß auch deshalb, weil es die anderen – ich spürte es – von ihm erwarteten, doch bevor er es tat, sagte ich: Geh zum Direktor, geh hin und beschwer dich über mich, und vergiß nicht, ihm zu sagen, was passiert ist. Während er nicht aufhörte, mich haßerfüllt anzustarren, mußte ich an Paustian denken, der mir die Aufsicht anvertraut und die Verantwortung überlassen hatte, ich war sein Vertreter, sein verlängerter Arm, dennoch war ich mir nicht sicher, daß ich das Recht hatte, einen jüngeren Schüler körperlich zu bestrafen. Melden durfte ich ihn, verwarnen und zur Ordnung rufen, nicht aber bestrafen. Na, was ist, fragte ich, willst du nicht zum Direktor? Peter Brunswik wandte sich ab, er wollte zum Ausgang, blieb aber stehen, als Wiebke ihn anrief. Sie gab ihm ein Tempo-Taschentuch, verlangte es gleich wieder zurück und betupfte seine aufgesprungene Lippe, wobei sie mich mehrmals empört anfunkelte, und nachdem sie das Blut gestillt hatte, blickte sie zu Arne hinüber, vorwurfsvoll, auf unbegreifliche Weise vorwurfsvoll. Da mir die Unterbrechung der Turnstunde schon zu lange dauerte, schickte ich sie zu ihrer Riege, winkte Arne heran und führte ihn und die anderen Jungen zum Barren, wo ich nur Schwingen zwischen den Holmen mit einfachem Abgang üben wollte. Bevor ich ihnen die Übung vormachte, sah ich, daß Wiebke von einigen Mädchen umringt wurde, sie bedrängten sie, fragten sie aus, wollten alles erfahren, teilten wohl auch ihre Empörung, zumindest glaubte ich es ihrer Haltung anzusehen.

Wie läuft es, fragte Paustian nach seiner Rückkehr und klopfte mir im Vorbeigehen auf die Schulter, er wartete meine Antwort aber nicht ab, sondern trat gleich auf Peter Brunswik zu und ließ sich das blutige Tempo-Taschentuch zeigen und begutachtete die Wunde an der Lippe. Wie das passiert ist, wollte er wissen, und an welchem Gerät. Er musterte den Lederbezug des Kastens und die breite Gummimatte, faßte an einen Holm des Barrens: Was denn nun, sag schon! Brunswik hob die Schultern und schwieg, zumindest so lange, bis er erkannte, daß ein anderer für ihn reden wollte, da sagte er – und versuchte, dabei gleichmütig zu erscheinen –: Den Absprung, ich hab wohl den Absprung verpaßt, miese Landung. Und in das erstaunte Schweigen der anderen hinein fügte er hinzu: Verunglückte Rolle, mit der Lippe aufs Knie geschlagen. Arne stand nicht weit von ihm entfernt, er hatte jedes Wort verstanden, ein Ausdruck von Ungläubigkeit erschien auf seinem Gesicht, und für einen Moment sah es so aus, als wollte er etwas erklären oder auf Peter Brunswik zutreten, nicht enttäuscht und noch weniger feindselig, sondern einfach nur freundlich und hilfsbereit. Er bemerkte mein Kopfschütteln, meine verneinende

136

Geste, und blieb, wo er war. Ohne daß Paustian mich dazu aufforderte, trat ich dann zwischen die Holme, und da ich wußte, daß die Turnstunde bald zu Ende sein würde, zog ich meine Übung in die Länge und schaffte es auch nahezu, denn nach mir blieb lediglich für zwei Jungen die Zeit, die Übung zu wiederholen.

Paustian ahnte, daß Peter Brunswik ihn hinters Licht geführt hatte, jedenfalls hatte er den Verdacht, daß etwas verschwiegen oder heruntergespielt worden war, das in seiner Stunde geschah, und als er mir auf dem Korridor noch einmal dankte und mich gleich darauf bat, ihn zu seinem Auto zu begleiten, sah ich voraus, was er von mir erwartete. Also, Hans, Sie haben mich vertreten, was ist denn nun wirklich passiert? Und ich erzählte es ihm, erzählte, wie es sich zugetragen hatte, und hielt es für nötig, mich bei ihm zu entschuldigen für meine Unbeherrschtheit, worauf er nur nickte und weiterging und im Gehen nach seinem Autoschlüssel suchte. Er gab mir nicht zu verstehen, ob er mein Verhalten mißbilligte oder – und darauf hoffte ich – Verständnis für mich fand, er ließ mich erzählen, bis wir vor seinem Auto standen, da erst gab er mir die Hand und sagte: Ist mir auch schon passiert, ein einziges Mal, die Folgen waren nicht angenehm für mich. Schon im Auto, nach knappem Abschied, drehte er noch einmal die Scheibe herunter und empfahl mir, einen Bericht zu schreiben, für alle Fälle, er selbst bot sich an, ihn dem Direktor zu geben. Man muß gewappnet sein, Hans, sagte er; ich habe Respekt vor sogenannten Spätfolgen, denn die sind schwer widerlegbar.

Bereits im Schulbus bebrütete ich den Text des Berichts, ich saß allein auf der letzten Bank, die Schwierigkeiten bei der Konzentration wollten nicht aufhören, denn immer wieder mußte ich zu Arne hinblicken, der für sich in der Mitte hockte, und zu den anderen, die gleich hinterm Fahrer zwei Bänke besetzt hatten und auf Peter Brunswik einsprachen. Der hatte Wiebke neben sich und gefiel sich darin, ihre Besorgtheit zurückzuweisen, anscheinend bagatellisierte er seine Verletzung, denn er wandte sich jedesmal ab, wenn sie seine Lippe begutachten wollte, und befreite sich sanft, wenn sie seinen Arm umklammerte. Nicht er, doch ein paar der anderen sahen mitunter zu mir hin, abweisend, warnend, so als wollten sie mir klarmachen, daß ich nicht mehr zu ihnen gehörte und daß ich mich auf etwas gefaßt machen müßte. Wenn sie die Köpfe zusammensteckten, erwogen sie vermutlich auch schon, womit sie mich am empfindlichsten treffen könnten, ich war sogar sicher, daß sie es taten, denn auch sie fühlten sich herausgefordert, einfach, weil es einer der ihren war, der sich angemaßt hatte, eine Strafe zu vollziehen.

Gerade als der Bus über die flachen Buckel fuhr, die zur Besänftigung des Verkehrs in die Straße hineingearbeitet waren, stand Arne auf, wurde aber gleich wieder zurückgeworfen, packte darauf die Haltestangen auf beiden Seiten und zog sich abermals hoch. Und dann bewegte er sich nach vorn, zu den andern. Sie merkten nicht, daß er sich ihnen näherte, sie tuschelten und verhandelten miteinander und fuhren wie ertappt auseinander, als er in ihrem Gesichtskreis erschien. Sie waren verblüfft. Keinem fiel ein Wort ein. Arne übersah sie, er suchte den Blick von Peter Brunswik, und während er sich mit einer Hand an einer Halte-stange festhielt, streckte er ihm die andere Hand hin und murmelte etwas, das ich nicht verstehen konnte. Auch Peter Brunswik zeigte sich verblüfft und starrte auf die Hand, als überlegte er, was er tun sollte, doch ehe er sich noch entschied, drückte einer, der neben ihm saß, Arnes Hand nach unten, drückte und schlug wohl auch zuletzt die Hand weg. Brunswik lächelte, offenbar war es in seinem Sinne geschehen, und um Arne zu signalisieren, daß er nicht länger zu warten brauchte, forderte er ihn mit einem ruckhaften Werfen des Kopfes auf zu verschwinden und deutete auch gleich die Rich-tung an, indem er auf mich hinwies.

Wieder dieses Zittern, als Arne neben mir saß, wieder dies leise Schnaufen. Er preßte die Handflächen zusammen und beklemmte sie mit seinen Knien, er entspannte und beruhigte sich erst, als ich ihm einen Arm um die Schulter legte und ihn an mich zog. Jedesmal, wenn der Bus an einem Stop hielt, stiegen einige Schüler aus, und Arne reckte sich und sah ihnen nach, und als Peter Brunswik aufstand und kurz vor einem Stop zum Ausgang ging, sich unvermutet korrigierte und rasch auf uns zukam, setzte er sich spontan auf wie in Bereitschaft. Peter Brunswik beachtete ihn nicht. Nur mich blickte er an, kalt, als nähme er Maß; und in dem Augenblick, in dem der Bus hielt, sagte er: Du wirst es bereuen. Du auch, sagte ich, du wirst es auch bereuen.

Sie hätte ich nicht so spät erwartet, es war schon lange still im Haus, ich hatte bereits erwogen, den letzten Teil seines Nachlasses am nächsten Tag zu prüfen und wegzupacken, als Wiebke zu mir hereinkam. Sie war im Schlafanzug. Vorsichtig, auf kleinen Schritten, trug sie das schlichte Aquarium von Arne zum Tisch und setzte es ab und blies erleichtert über ihr erhitztes Gesicht. Die beiden Streifenbarben und die Schleierschwänze, erregt von der ungewohnten Bewegung des Wassers, peitschten sich durch ihr Gefängnis und stießen mitunter gegen die Glaswand. Wiebke ließ sich auf das marokkanische Sitzkissen fallen, zog die Beine hoch und betrachtete eine Weile die offen liegenden Dinge im Karton, dann sagte sie: Lars hat mir erzählt, daß du immer noch beim Wegräumen bist, und da ich schwieg, fuhr sie fort: Ich wollte schon schlafen, aber dann hielt ich es doch für besser, dir noch sein Aquarium zu bringen. Warum behältst du es nicht, fragte ich, was soll denn mit den Fischen geschehen? Er hat mich gebeten, die Fische zu füttern, nur ein paar Tage, sagte Wiebke, und ich hab's getan, obwohl ich mir nichts aus Fischen mache. Als er sie dir brachte, wußte er doch wohl schon, daß es nicht nur für ein paar Tage sein würde, sagte ich, vielleicht wünschte er sich, daß du sie für immer behältst. Ich möchte sie aber nicht behalten, sagte sie und wiederholte: Ich möchte es nicht. Sie schlang ihre Arme um die angezogenen Knie und starrte auf Arnes Sachen, grüblerisch, als versuchte sie, einiges wiederzuerkennen, aber auch taxierend, als bemühte sie sich, einigen Gegenständen den Wert abzulesen. Daß sie sich darüber wunderte, warum Arne eine Schachtel mit Marineknöpfen und einen zusammenklappbaren Löffel aufbewahrt hatte, konnte ich verstehen, ich verstand aber nicht, warum eine Pelzmütze sie so belustigte. Sie wollte sie aufsetzen, probeweise, doch ich untersagte es ihr; ich behauptete, daß die Mütze zu einer Ausrüstung gehörte, die Arne sich für eine Finnlandreise zugelegt hatte, eine Reise, die bis zum Polarkreis hinaufgehen sollte.

Pläne, sagte Wiebke, er hatte immer so merkwürdige Pläne, wir wußten manchmal nicht, was wir von ihm halten sollten. Hör doch auf, sagte ich, es waren nicht seine Pläne, die euch störten, ihr hattet etwas gegen ihn, weil er euch allen überlegen war, dir und deinen Freunden; das war der Grund, warum ihr mit ihm nichts zu tun haben wolltet. Ihr habt ihn immer nur abgewiesen. Ihr habt nicht gemerkt, wie allein er war und wie sehr er sich wünschte, einer von euch zu sein, einfach dazuzugehören. Einen Augenblick sah sie mich erstaunt an, dann aber gab sie ihrem gewohnten Bedürfnis nach, sich zu rechtfertigen. Du weißt nicht, wie oft wir es mit ihm versucht haben, er war eben anders; mit ihm konnte man nichts anfangen: das meinten alle. Bis auf das eine Mal, sagte ich, bis zu dem Abend, an dem ihr ihn in eine Falle laufen ließt.

Ich berief Wiebke nicht, als sie sich eine Zigarette aus meiner Packung schnippte und sie anzündete, Unruhe ergriff Besitz von ihr, sie wurde unsicher, schien mit sich zu hadern, vermutlich wußte sie, daß sie sich nicht freisprechen konnte. Sie preßte die Kiefer aufeinander, ihre Augen wurden feucht, doch sie weinte nicht, sie fuhr sich mit dem Handrücken übers Gesicht, und es war ein leichter Trotz in ihrer Stimme, als sie sagte: Du glaubst es mir nicht, aber ich mochte Arne, zuletzt mochte ich ihn immer mehr, zuletzt habe ich gemerkt, daß er auch fröhlich sein kann und übermütig, es hat richtig Freude gemacht, mit ihm herumzuziehen. Wer ist mit ihm herumgezogen, fragte ich, und Wiebke darauf: Ich, ich ganz allein. Du weißt es vielleicht nicht mehr: Sie hatten mich zur Strafe ausgesperrt, weil ich zu spät nach Hause gekommen war, ihr schlieft alle, keiner öffnete mir; ich wußte, wie man in Pullnows Lager kommt, dort blieb ich in der ersten Nacht. Und am nächsten Morgen fuhr ich in die Stadt, ohne euch ein Wort zu sagen. Weißt du's nicht mehr? Sicher weiß ich's noch, sagte ich, Vater hatte damit gerechnet, dich auf der Türschwelle zu finden, reumütig, und weil du nicht da warst, machten wir uns Sorgen. Damals war es, sagte Wiebke, ich nahm die Fähre zu den Landungsbrücken, ich hatte nur wenig Geld, ein alter Mann lud mich zum Bier ein, ich ließ ihn stehen und habe dann die Zeit totgeschlagen, bis der Dom geöffnet wurde. Als ich die Musik hörte und das Riesenrad sah, bin ich da hingegangen, es waren schon viele Leute da. Und da liefst du Arne in die Arme, oder? Nein, sagte sie, er ging mir nach, er verfolgte mich eine ganze Zeit, erst als zwei Typen mich abschleppen wollten, kam er heran, und weißt du, was er zu den beiden sagte? Er sagte: Laßt meine Schwester in Ruhe, und dann zog er mich gleich zu dem Schießstand und schoß mir eine Papierblume, er brauchte fünf Schüsse. Leider habe ich die Blume auf der Achterbahn verloren. Wiebke senkte ihr Gesicht, machte eine resignierte Bewegung, als bedauerte sie immer noch diesen Verlust.

Hans, fragte sie leise. Was ist? Willst du mir einen Gefallen tun? Sag schon. Kann ich deine Bettdecke haben, mir wird kalt. Ich legte ihr meine Bettdecke über, sie zog sie vorn zusammen und schien im Augenblick klein und hilfsbedürftig zu werden. Gut so, fragte ich. Sie nickte, sie sagte: Einmal glaubte ich, daß Arne Gedanken lesen kann, am Stand, wo es frische Berliner gab; ich konnte mir keine kaufen, ich blieb da wohl stehen, und er fragte mich erst gar nicht – vermutlich sah er mir auch an, daß ich Hunger hatte –, sondern kaufte gleich eine ganze Tüte, zu den Berlinern haben wir dann Glühwein getrunken. Glühwein, fragte ich. Es war seine Idee, sagte Wiebke, und als der Kellner ihn nach seinem Alter fragte, behauptete Arne, er sei gerade siebzehn geworden, er freute sich, daß man ihn für älter hielt, er glaubte, daß er sich von nun an jeden Film ansehen dürfte, jeden Erwachsenen-Film. Du hättest dabei sein Gesicht sehen sollen, wie überlegen er gucken konnte, da hätte auch ich nicht gedacht, daß er erst fünfzehn ist. Arne hat dem Kellner sogar ein Trinkgeld gegeben, mindestens dreißig Pfennig.

Als ihr den Glühwein trankt, sagte ich, als ihr dem Kellner etwas vormachtet, habt ihr da nicht davon gesprochen, daß man dich ausgesperrt hatte und daß wir uns Sorge machten und bereits überlegten, ob wir nicht die Polizei benachrichtigen sollten. Darüber haben wir nicht gesprochen, sagte Wiebke, wir waren beide froh, daß wir uns getroffen hatten, wir sind ja zum ersten Mal zusammen losgezogen, Arne jedenfalls hat da noch nichts erwähnt. Er lud mich zu allem ein, wir fuhren in der Achterbahn und stiegen ins Riesenrad, und einmal sausten wir durch den Gespensterwald, in dem Fratzen uns erschreckten und Skelette nach uns griffen, das war ganz schön gruselig, und wir mußten uns aneinander festhalten. An der Würfelbude ist es dann passiert. Was, fragte ich. Du wirst es nicht glauben, sagte Wiebke, aber Arne würfelte und warf zweimal drei Sechsen und hatte die freie Auswahl. Ich dachte, hoffentlich wählt er bloß nicht diese alberne Puppe, da ließ er sich die auch schon reichen, so ein blondes pausbäckiges Ding, das Mama sagen konnte, wenn man es auf den Rücken legte. Als er sah, daß ich alles andere als begeistert war, wollte er seinen Gewinn tauschen, aber das ging nicht, der Mann ließ sich nicht darauf ein. Und dann passierte es: ich ließ die Puppe fallen, nicht mit Absicht, bestimmt nicht, und bevor ich sie noch aufhob, hatte sich ein kleines Mädchen nach ihr gebückt und hielt sie mir hin, und dabei flüsterte es der Puppe etwas zu, wie zum Trost, und streichelte sie auch. Ich nahm die Puppe nicht an, ich sagte zu dem Mädchen: Du kannst sie behalten, aber gib ihr einen Namen. Das Mädchen war so überrascht, daß es sich nicht einmal bedankte, aber seine Mutter, die hat es getan. Und was hat Arne gesagt, fragte ich, und Wiebke darauf: nichts; Arne guckte mich nur so seltsam an, dann nahm er meine Hand und zog mich weg.

Wiebke wandte den Kopf und blickte zu dem kleinen Aquarium, in dem die Fische sich beruhigt hatten, einige lagen auf dem hellen Sand des Bodens, andere bewegten sich mit leicht fächelndem Flossenschlag von Glaswand zu Glaswand. Vielleicht nehme ich sie doch zu mir, sagte sie, falls ich es einmal vergessen sollte, sie zu füttern, kannst du es ja tun.

Etwas in ihrer Erinnerung brachte sie zum Lächeln, sie sagte nicht gleich, was es war, offenbar überlegte sie, ob sie es erzählen sollte, aber schließlich hielt sie es nicht mehr aus: Ich habe ihm einen Kuß gegeben. Wem? Arne, sagte sie, ich habe Arne einen Kuß gegeben, am Kettenkarussell. Dort trafen wir nämlich das kleine Mädchen wieder, es hielt die Puppe im Schwitzkasten und versuchte, sie mit Eis zu füttern. Arne sah das und freute sich und plinkerte ihr zu; da habe ich ihm einen Kuß gegeben, schnell, aufs Auge. Wieso aufs Auge, fragte ich. Er war so verblüfft, daß er den Kopf wegdrehte, sagte Wiebke, deshalb ist mir der Kuß verrutscht, danach sind wir ins Kettenkarussell eingestiegen.

Während sie sprach, nahm ich mir vor, sie nicht mehr zu unterbrechen; mit ihren Worten, mit dem, was sie in ihrem Gedächtnis aufbewahrt hatte, gab sie mir unwillkürlich zu verstehen, welch einen Wert alles für sie besaß oder zumindest in der Erinnerung erlangt hatte; sie wollte mir keine Geheimnisse anvertrauen, sie erzählte und berichtete mir, um sich wieder einmal zu rechtfertigen, und wenn nicht das, so doch in dem Wunsch, zu bekennen, daß Arne ihr mehr bedeutete, als ich annahm. Wiebke gab jedenfalls zu, daß es ihr Freude gemacht hatte, mit Arne zusammenzusein, mit ihm über den Dom zu ziehen, sie nahmen alles mit, was da angeboten wurde, und als sie müde waren, gingen sie zur Fähre, es war Arne, der zum Aufbruch mahnte, er wußte, wann die letzte Fähre ablegte. Nur weil er so drängte, schafften wir es, an Bord zu kommen, sagte Wiebke, und wir setzten uns erst gar nicht in den Aufenthaltsraum, sondern kletterten gleich aufs Oberdeck, wo wir allein waren.

Und da zog Arne etwas aus seiner Tasche, etwas Weiches, Lederartiges, und wollte, daß ich es anfaßte und etwas Bestimmtes erfühlte; mir war nicht klar, worauf er aus war, ich stellte lediglich fest, daß da ein harter Knoten war. Siehst du, sagte er, und dann wollte er mir weismachen, daß in diesem Knoten der Wind gefangen war, richtig eingeknotet, und daß man den Wind loslassen kann, wenn man den Knoten lockert. Angeblich war es ein Zauberknoten, den Kalluk ihm geschenkt hatte. Und, fragte ich, schaffte er's, daß Wind aufkam? Er hat es gar nicht versucht, sagte Wiebke, Arne behauptete, daß man den Knoten nicht mutwillig lockern darf, sondern nur im Notfall – da wußte ich, daß er spinnt. Aber so war er: wenn er nur sein Ohr an die alten Seezeichen legte – drüben bei Dolz –, dann hörte er auch schon etwas, Rauschen und Gewimmer und manchmal auch Stimmen, man wußte nicht, was in ihm vorging, man konnte sich nicht auf ihn verlassen; trotzdem mochte ich ihn zuletzt. Ich konnte mich immer auf ihn verlassen, sagte ich.

Wiebke schüttelte den Kopf. Sie biß sich auf die Lippe. In verändertem Tonfall sagte sie: Er wollte mich überreden, gleich mit ihm nach Hause zu kommen, er wußte, womit sie mich bestraft hatten und daß sie sich auf einmal Sorgen um mich machten. Das war ihm alles bekannt, und kaum hatten wir die Fähre verlassen, da gab es für ihn nur eins: mich zurückzubringen. Du glaubst nicht, was ich mir anhören mußte von ihm; während er sprach, hielt er mich am Handgelenk fest, nicht anders, als hätte er mich festgenommen. Wir waren fast schon zuhause, da riß ich mich los und lief zum Lager, aber Arne holte mich ein und versuchte wieder, mich zu überreden, und ich versprach, mit ihm zu gehen. Und wolltest du wirklich mit ihm nach Hause gehen, fragte ich. Wiebke antwortete mir nicht darauf, sie sagte: Ich wollte mir alles in Ruhe überlegen, und darum stieg ich noch einmal in Pullnows Lager ein, ich wußte, wie man dort hineinkommen kann, wenn es abgeschlossen ist. Ich hatte schon einmal eine Nacht im Lager geschlafen, auf einem Berg von Schwimmwesten. Arne ließ mich nicht allein, er tappte hinter mir her, einmal verlor er mich,und ich war ganz still und hoffte, daß ich ihn los wäre, doch dann fand er mich im Dunkeln wieder und hielt sich an mir fest. Wir gingen dahin, wo Pullnow die alten Schwimmwesten lagerte, dort setzten wir uns und horchten zuerst nur auf diese Rufe, sie kamen von draußen, dünne Klagerufe, die einem wehtaten, wir glaubten anfangs, daß es Vögel waren, die sich verirrt hatten und über der Werft kreisten, dann aber fand Arne heraus, daß es die großen hängenden Lampen waren, die im Wind schaukelten und dabei diese Geräusche hervorriefen. Vom Bodenfenster aus konnte man es deutlich hören.

Wiebke nahm sich noch eine Zigarette aus meiner Packung und erzählte, daß Arne, während sie im Dunkeln auf den alten, noch nie gebrauchten Schwimmwesten saßen, sie überraschend nach ihren Plänen fragte, ihren Zukunftsplänen, und da sie sich nicht festgelegt hatte oder ihm nichts sagen wollte, tischte er ihr seinen Plan auf, mit einer Sicherheit, über die sie sich wunderte.

Ach, Arne, ich kann mir vorstellen, wie du ihr beizubringen versuchtest, daß man immer auf ein Ziel hin leben muß. Vermutlich hast du an unsere abendlichen Gespräche gedacht, wenn wir schon im Bett lagen und uns Berufe ausdachten und nach Gründen suchten, um unsere Wahl zu rechtfertigen. Wieviel Freude wir beim Planen hatten, wie bedachtsam wir unsere Entwürfe drehten und wendeten, sie bezweifelten und bestätigten, bis wir schließlich das Gefühl hatten, allen Ungewißheiten, die vor uns lagen, gewachsen zu sein. So wirst du wohl auch Wiebke mit deinem Plan bekannt gemacht haben, der künftige Gerichtsdolmetscher wird ihr vorerzählt haben, was ihn an seinem erträumten Beruf reizte und was er sich von ihm versprach, und vielleicht wirst du auch erwähnt haben, daß du bereits meine Zustimmung gefunden hattest.

Wiebke sagte, daß Arne unaufhörlich redete, er schien bereits zu wissen, was von ihm erwartet wurde und worauf er sich vorbereiten mußte, so ausführlich stellte er ihr alles vor, als stünden die Prüfungen bereits unmittelbar bevor, und dabei merkte er nicht, daß sie einschlief.

So war es, Hans, sagte sie: Ich war so müde, daß ich nur noch sein Gemurmel hörte, und dabei schlief ich ein. Später hat er mich dann verraten. Was heißt verraten, fragte ich. Er ging fort, sagte Wiebke; als er merkte, daß ich schlief, schlich er sich fort und erzählte ihnen, wo ich war, und auf einmal leuchtete mir einer ins Gesicht, und da wurde ich wach. Vater sagte nur, komm, und brachte mich zum richtigen Ausgang und schickte mich in mein Zimmer.

Sie schwieg; anscheinend konnte sie es immer noch nicht vergessen – und noch weniger verzeihen –, daß Arne sie heimlich verlassen und meinem Vater hinterbracht hatte, wo sie steckte und von wo er sie nach Hause bringen konnte. Sie sah mich an, dringend, erwartungsvoll, sie hoffte und war wohl auch sicher, daß ich ihrer Enttäuschung recht geben würde, doch ich konnte es nicht. Ich sagte: Arne hat nur getan, was ich auch getan hätte – im Unterschied zu dir hat er an Mutters Angst gedacht. Und jetzt hör auf, von Verrat zu reden. Wiebke schüttelte den Kopf, sie sagte: Du bist auf seiner Seite, du warst immer auf seiner Seite, Arne konnte tun, was er wollte – du hast ihn noch jedes-

al in Schutz genommen. Ja, sagte ich, ja, ich habe
ihn oft verteidigt, und ich wußte, warum ich es tat.

Wiebke zog die Bettdecke noch enger um ihren
Körper und blickte eine Weile zu Boden, plötzlich
aber stand sie auf, faltete mit entschiedenen Bewegungen die Decke zusammen und legte sie auf
meine Koje. Sie hob das Aquarium an, wandte sich
noch nicht zur Tür, sondern stand nur da, als prüfte sie das Gewicht des Gefäßes. Dann nickte sie
mir zu. Dann sagte sie: Mach mal die Tür auf,
Hans. Ich bot ihr an, das Aquarium in ihr Zimmer
zu bringen, doch Wiebke nahm meine Hilfe nicht
an und ließ erkennen, daß sie es leicht trug.

Manchmal hatte er eins aufs andere gelegt, hatte
es zugedeckt und unsichtbar gemacht, so als wollte
er es, wenn auch nur vorübergehend, vergessen.
Unter fleckigen Seekarten – auf manchen zeigten
sich noch die Linien abgesteckter Kurse – fand ich
zu meiner Überraschung das aus Blech geschnitte-
ne Namensschild, das einst am Bug der Jolle befestigt worden war, unserer Jolle, die der alte Schiffszimmerer Tordsen in langer, oft unterbrochener
Arbeit repariert hatte. »Winnie« sollte das Boot
heißen – Lars hatte Wiebkes Rufnamen mit
schwarzer Lackfarbe aufs Blechschild gemalt, das
dünn und biegsam war und sich dem Holz gut anlegte –, und für ein paar Stunden hieß es auch so.

Keiner von uns, Arne, war am Tag der Taufe so ungeduldig wie du, keiner freute sich mehr, schon am Morgen, kaum erwacht, fingst du an, vom Stapellauf zu reden, vom sogenannten Stapellauf, den wir mit allem, was dazugehört, veranstalten oder feiern wollten, sogar mit Bier, das Peter Brunswink besorgt hatte. Und wie eifrig du Wiebkes Wunsch erfülltest, als sie dich bat, eine Flasche mit Elbwasser zu füllen, das sie, die Taufpatin, über der Jolle lediglich verspritzen sollte, denn es war uns klar, daß es zu gefährlich war, die Flasche am Bug zu zerschmettern. Und wie selbstverständlich du es übernahmst, altes Kistenholz und Äste und Bohlen zusammenzuschleppen, für das Feuer, das wir unten am Wasser entzünden wollten, für unser Freudenfeuer.

Lars und ich waren aber lange vor Arne und den anderen an unserer kaum benutzten Slipanlage, wir schraubten das Namensschild an der Jolle fest und deckten es mit einer Persenning zu. Die Jolle lag beidseitig abgestützt auf dem flachen offenen Wagen, der mit einem Zugseil gesichert war, damit er nicht dem Gefälle der Schienen nachgab, außerdem war er mit einem Kantholz blockiert. Für alles, was Tordsen an dem Boot erneuerte, hatte er Esche genommen, Duchten und einige Spanten und ein Stückchen Dollbord schimmerten in hellrotem Glanz, und innen und außen hatte er jedem

Teil Firnis gegeben. So gewissenhaft wir auch alles inspizierten, wir fanden nichts, das wir bemängeln mußten, wir waren mehr als zufrieden mit dem Boot, das uns allein gehören sollte.

Während wir auf die anderen warteten, erschien auch für einen Moment der alte Tordsen, er grüßte uns nur knapp und trat auf die Holzbrücke und starrte angestrengt ins Wasser, offenbar suchte er die Stelle, wo die Schienen ausliefen. Dann aber sah ich, daß ihn etwas verwunderte oder begeisterte, er winkte uns zu sich und deutete aufs Wasser, wo es blitzte und zuckte und in silbernem Stiem hin und her schoß. Stinte, sagte er, sie laichen. Lange beobachtete er den unruhigen Fischschwarm, hob dann von einem Brückenpfosten einen Plastikeimer ab, ließ sich auf die Knie hinab und zog den Eimer kraftvoll durch einen Schwarm, erstaunt, wie viele Stinte er mit einen Zug gefangen hatte. Für eine Mahlzeit jedenfalls schien es ihm zu reichen. Er verließ mit seinem Eimer die Brücke und sagte: Bei diesem Segen, Jungs, muß eure Jolle nach Wunsch aufschwimmen, auf keinen Fall wird sie kentern.

Lars hatte das Sagen an jenem kühlen, verhangenen Tag, alle erkannten ihn an, fügten sich seinen Anweisungen, seinen Kommandos. Er hatte so manchen Stapellauf aus der Nähe erlebt, er wußte, wie er inszeniert werden mußte, dennoch verblüffte mich die Umsicht, mit der er seine Anordnungen traf. Nur Wiebke, nur sie allein bekam die Erlaubnis, schon mal ins Boot zu klettern, sollte aber still dasitzen; die anderen wurden aufgefordert, vor den Bug der Jolle zu treten. Nie hätte ich Lars zugetraut, eine Rede zu halten oder doch ein paar Sätze so miteinander zu verbinden, daß man den Eindruck hatte, eine Rede zu hören, doch es gelang ihm mit gespieltem Ernst. Wenn er stockte, blickte er nicht auf Olaf Dolz oder Peter Brunswik, sondern immer nur auf Arne, und ich freute mich, als er unvermutet dessen Beitrag zur Reparatur des Bootes erwähnte: Du hast mehr gegeben als jeder von uns; und er sagte auch: Klar, daß du die erste Fahrt mitmachen wirst, du hast es verdient. Peter Brunswik lächelte geringschätzig, ihm erschien das Versprechen wohl unangebracht oder übereilt zu sein, er hatte wohl auch keine Lust, Lars noch länger zuzuhören; und um den Taufakt zu beschleunigen, nahm er die Flasche mit dem Elbwasser und reichte sie Wiebke ins Boot hinein und forderte sie auf: Na los, mach schon. Und Wiebke gehorchte. Schlenkernd verspritzte sie das Wasser über Duchten und Bodenbretter, Freude war ihr anzusehen, als sie sich hoch aufrichtete und mit einer kurzen Bewegung aus dem Handgelenk Olaf Dolz und Arne einen Spritzer zuschickte, auf ein warnendes Zeichen von Lars aber innehielt und nur noch dastand in angenommener Feierlichkeit. Auf ein abermaliges Zeichen von Lars sprach sie die Worte nach, die er ihr beigebracht hatte, sagte also: Ich taufe dich auf den Namen »Winnie« und wünsche dir allzeit gute Fahrt, und danach lüftete sie fröhlich den Fetzen Persenning und kippte den Rest des Wassers über das Namensschild. Auch ich klatschte. Peter Brunswik ließ es sich nicht nehmen, Wiebke aus der Jolle zu helfen, er gratulierte ihr und zog sie von den Schienen fort und ging selbst zu dem tief in der Erde sitzenden Pfahl, um den die Leine geschlungen war, die den Wagen mit der Jolle hielt. Er löste die Leine, er und wir alle vertrauten darauf, daß das Kantholz vor den massiven Rädern den Wagen verläßlich blockierte, doch noch ehe wir die Leine packen und gemeinsam das Abgleiten des Wagens kontrollieren konnten, setzte der sich in Bewegung, rollte langsam an, schwankte auf den rostigen Schienen, die sich an einigen Stellen leicht aufbuckelten, und wurde auf der abschüssigen Bahn immer schneller. Lars und Peter Brunswik schrien ihre Kommandos, versuchten, die ausrauschende Leine zu fassen oder sich gegen Wagen und Bootskörper zu stemmen und so das immer raschere Abgleiten aufzuhalten. Sie schafften es nicht. Der Wagen ruckelte, schleuderte, schien einmal sogar zu hüpfen mit seinem Gewicht und rollte unwiderstehlich dem Wasser

156

zu, beschleunigt von seiner eigenen Schwerkraft und dem Schub, den ihm das Gefälle verlieh. Die Stützen, die die Jolle auf dem Wagen sicherten, gaben nach, das Boot begann zu rutschen, zu torkeln, es sah so aus, als wollte es sich vom Wagen befreien und noch vor ihm das Wasser gewinnen. Olaf Dolz mußte zur Seite springen, um nicht mitgerissen zu werden, und Lars ließ erst im letzten Augenblick den Haltegriff am Wagen los, bevor er mitgeschleift wurde.

Aber plötzlich standen wir alle still, jeder, wo er sich befand, hielt in seiner Bewegung inne, gebannt und entgeistert und schon in der Gewißheit, daß das, was gleich geschehen würde, unabwendbar war. Auch Arne stand so da, auch er blickte starr auf das hin und her schleudernde, davonrumpelnde Boot, offenbar nahm ihn der Anblick derart gefangen, daß er vergaß, das Kantholz fallen zu lassen oder fortzuwerfen; vielleicht begriff er in diesem Moment nicht einmal, daß er es vorzeitig entfernt und damit die Blockierung des Wagens aufgehoben hatte, jedenfalls war auch er jetzt nur ein fassungsloser Beobachter, der zusehen mußte, wie das Huckepack-Gefährt, kurz bevor es ins Wasser eintauchte, von den Schienen sprang. Die Jolle kippte auf die Seite. Der Bug krachte gegen die Holzbrücke. Bis zu halber Höhe wurde der Bootskörper hochgeworfen, schrammte im Zurückfallen an den ersten Pfählen der Brücke vorbei. Ein Stück des Dollbords brach weg. Der Heckspiegel zersplitterte. Als die Jolle eintauchte, nahm sie gleich Wasser über, sie richtete sich nicht mehr auf, stieß nur noch sacht gegen die Brücke, trieb eine Armlänge ab und glitt zur Brücke zurück und blieb dort bewegungslos liegen.

Ich sah, daß Arne das Kantholz fallen ließ, er warf es nicht neben die Schienen, sondern öffnete nur seine Hand und ließ es dort fallen, wo er stand. Während die anderen, immer noch entgeistert und ungläubig, auf die Brücke stiegen, ging ich zu ihm. Ich schubste das Kantholz mit dem Fuß an die Schienen heran, an eine Stelle, wo die Schienen nicht fest auflagen und leicht federten bei jeder Belastung. Ich war mir nicht sicher, ob er erkannte, was ich tat und warum ich es tat, er beobachtete mich nur mit diesem Blick von weither, und als ich ihm zunickte und ihm beschwichtigend über den Arm strich, reagierte er nicht. Er muß aber doch verstanden haben, was ich für ihn tat und was ich von ihm erwartete, denn als Lars von der Brücke sprang und zwischen den Schienen heraufkam – gebeugt nach dem Kantholz suchend, das den Wagen mit der Jolle hatte blockieren sollen –, hielt er sich zurück und sagte kein Wort. Und er schwieg auch, als Lars das Kantholz aufnahm, es drehte und von allen Seiten betrachtete und uns dann fragte: Wie konnte das nur passieren? Mit diesem Stück kannst du doch eine Lore voll mit Sand blockieren. Die Schiene, sagte ich, guck dir nur mal die Schiene an, sie liegt nicht fest auf der Erde. Lars trat auf die Schiene, er wippte, er musterte die Vertiefung und schüttelte den Kopf: Daran hat's bestimmt nicht gelegen, sagte er und blickte zum Wasser hinab, überprüfte den Verlauf der Schienen, als wollte er den Grund finden, warum der Wagen entgleist war und die Jolle abgeworfen hatte.

Ich spürte, Arne, wie schwer dir das Schweigen fiel, und wenn ich nicht neben dir gewesen wäre, hättest du ihm gewiß schon damals gesagt, daß du das blockierende Kantholz zu früh weggenommen hattest, du warst bereit, die Schuld für den mißglückten Stapellauf auf dich zu nehmen, ich sah es dir an, ich spürte es. Und ich zog dich weg, nicht zur Brücke, wo die anderen waren, sondern dorthin, wo die Schienen ins Wasser liefen, da standen wir und beobachteten, wie unser Boot tiefer und tiefer sackte, sich jedoch nicht auf Grund setzte. Mir entging aber auch nicht, daß du immer wieder zu Wiebke hinblicktest, die sich von Peter Brunswik festhalten ließ und dann wie willenlos mit ihm ging, als er den Weg zum geschichteten Holzstoß einschlug.

Die anderen folgten ihm, und obwohl sie ihn

nicht aufforderten, sich ihnen anzuschließen, wollte Arne ihnen hinterhergehen, doch ich winkte ihn zu mir. Ich hielt ihn zurück, ohne ihm zu erklären, warum ich es tat, und er blieb bei mir, widerstrebend zwar, aber gehorsam. Laß sie nur, sagte ich, sie wollen jetzt bestimmt unter sich sein, wir gehen nach Hause. Er dachte angestrengt nach, zögerte einen Augenblick, sah zu den anderen hinüber, die sich beim Holzstoß auf Fruchtkisten setzten, es war unverkennbar, was er sich wünschte. Komm schon, Arne. Er kam. Schweigend gingen wir nach Hause, wo er sogleich sein Schränkchen öffnete und das Sparbuch herausholte; auf seiner Koje sitzend, begann er zu rechnen, zu kalkulieren, kam aber offenbar zu keinem Ergebnis, das ihn zufriedenstellte. Ich ahnte, was er bebrütete, wußte, daß er nicht aufhören würde, sich zu beschuldigen, er, der so oft bereit war, alles zuzugeben und auf sich zu nehmen. Ich forderte ihn auf, sein Sparbuch wegzulegen, und dann versuchte ich, ihm seine Schuld auszureden, ich erinnerte ihn daran, daß Peter Brunswik die Leine gelöst hatte, ohne uns herbeizurufen, erinnerte ihn an die unterspülten, jedenfalls nicht fest aufliegenden Schienen, die kein ebenmäßiges Abgleiten ermöglichten; es gelang mir nicht, ihn umzustimmen, ihn von seiner Niedergeschlagenheit zu befreien. Er sah mich nur aufmerksam an, nicht erleichtert oder gar dankbar, sondern nur aufmerksam.

Sie riefen mich nach unten, und für ein paar Minuten mußte ich Arne allein lassen. Von der Tür her bat ich ihn, meinen letzten Hausaufsatz zu lesen, er nickte und ließ sich sogleich von seiner Koje gleiten. Mein Vater wollte wissen, wie unser Stapellauf verlaufen war. Er hatte die reparierte Jolle inspiziert, er sagte: Besser als der alte Tordsen hätte keiner euer Boot flottmachen können, und er sagte auch: Wenn Tordsen nicht klargekommen wäre, hätte ich euch ein Angebot gemacht, liegt schon auf Land, ein Rettungsboot von der »Orion«. Es ist etwas schiefgelaufen, sagte ich und erzählte ihm von dem verunglückten Stapellauf, ohne zu erwähnen, wen die Schuld daran traf, daß der Wagen mit dem Boot ungebremst die kümmerliche Slipanlage hinabrollte und zuletzt aus den Schienen sprang. Er wollte es nicht glauben. Er wollte sich das abgesackte Boot mal ansehen, nicht gleich, aber am nächsten Morgen. Schieben, meinte er, ihr hättet es vielleicht ohne den Wagen einfach sacht ins Wasser schieben sollen, auf kurzen Stämmen, auf Rollen.

Ich trat ans Fenster und blickte auf das graue Rettungsboot, das kieloben auf dem Werftplatz lag, unten am Wasser, und während ich seine Länge abschätzte und seine Eignung für kurze Unternehmungen, sagte mein Vater plötzlich: Ich habe mit Lungwitz gesprochen. Dieser Lehrer hat mich aufgesucht. Soweit ich ihn verstanden habe, ist er von Arne enttäuscht. Jetzt wußte ich, warum sie mich gerufen hatten, zuerst meine Mutter, anfragend, dann mein Vater, ungeduldig. Ich setzte mich zu ihnen, ich erkannte, daß sie sehr ernst nahmen, was sie mir sagen oder zunächst nur wiedergeben wollten, Lungwitz' Enttäuschung gab ihnen zu denken, machte sie besorgt. Was ist mit Arne, fragte ich, und mein Vater: Sein Lehrer sagt, Arne verstellt sich. Sein Lehrer sagt, Arne läßt sich fallen. Jetzt, wo sie nicht zuletzt seinetwegen einen Leistungskurs eingerichtet haben, läßt er so spürbar nach, daß alle sich nur wundern. Sie glauben ihm nicht, Hans, sagte meine Mutter. Nein, wiederholte mein Vater, sie glauben ihm nicht, denn wenn er auch manchmal absackte in seinen Leistungen – sobald es darauf ankam, zeigte er, wer der Beste war. Sein Lehrer sagt, Arne bleibt bewußt unter seinen Möglichkeiten, er weigert sich, zu zeigen, was er kann.

Gut, sagte ich, gut, und was erwartet ihr von mir? Ich hab auch schon gehört, daß er nachläßt in einigen Fächern, aber was kann ich dabei tun? Es geht doch immer auf und ab. Nein, sagte mein Vater, auf und ab: Das gilt nicht für Arne, etwas ist los mit dem Jungen, ich glaube, wir müssen ihm helfen. Er ist uns anvertraut, sagte meine Mutter echohaft, und darum müssen wir ihm helfen. Und dann redeten sie beide auf mich ein, sie gaben mir zu verstehen, daß Arne mehr an mir hängt als an allen anderen, sie zweifelten nicht, daß ich, wenn ich es nur wollte, alles aus ihm herausbekäme, und sie waren sicher, daß er unter meinem Einfluß zurückfinden würde zu gewohnter Ausgeglichenheit. Ich ahnte, warum Arne sich fallenließ in seinen Leistungen, warum er sich verstellte, ich glaubte es sogar zu wissen, dennoch sprach ich es nicht aus, sondern zeigte mich nur bereit, mit ihm zu reden, wie sie es wünschten. Ich versprach, es gleich zu tun.

Arne war nicht mehr in unserem Zimmer. Mein Hausaufsatz lag auf seiner Koje. Auf seinem Klapptisch erwartete mich nicht wie so oft eine knappe Nachricht: Mußte zum Fruchtschuppen … Habe eine Verabredung mit … Bin bald zurück. Arne war schon da, wo sie ein Feuer entzündet hatten hinter unserem Werftplatz, zumindest erkannte ich durch das Glas, wie er an der Slipanlage vorbei auf das Feuer zuging. Er ging nicht unsicher, nicht zaghaft, er ging so zielbewußt, als gehörte er zu den andern und würde sich, freundlich begrüßt, gleich einen Platz auf einer der Fruchtkisten suchen, die sie um das Feuer gestellt hatten. Sie beachteten ihn nicht. Sie ließen ihn nah herankommen, ohne sich ihm zuzuwenden, vielleicht bemerkten sie ihn auch nicht, und sie schienen ihn auch dann zu übersehen, als er eine Weile vor dem Feuer stand, aus dem ein Funkenstiem in den Himmel stieg. Er war es, der sich bemerkbar machte, ich sah, daß er eine Hand gegen Lars ausstreckte, ihm winkte, ihn gewiß anrief, worauf Lars sich erhob und unwillig zu ihm hinschlenderte.

Arne redete auf ihn ein, er deutete auf die Slipanlage, offenbar wollte er ihn auffordern, ihn zu der Stelle zu begleiten, wo das Kantholz gelegen hatte, doch Lars hielt nichts davon. Lars rief die anderen zu sich, wartete, bis sie Arne umringt hatten, und befahl ihm offenbar, zu wiederholen, was er ihm gerade gestanden hatte. Und Arne gehorchte wohl, ich sah, daß er sich abwechselnd an Lars und an Wiebke wandte, sah seine resignierten Gesten, aber mir blieben auch die Zeichen nicht verborgen, die sich Peter Brunswik und Olaf Dolz hinter seinem Rücken gaben. Nachdem sie anscheinend genug erfahren hatten, ließen sie ihn stehen, sie steckten die Köpfe zusammen, beratschlagten sich, wobei sie immer wieder zu ihm hinblickten – und dann überließen sie es Wiebke, ihm zu sagen, wozu sie sich entschieden hatten. Wiebke trat auf ihn zu. Wiebke musterte ihn einen Augenblick. Was sie dann sagte, schien Arne so zu treffen, daß er unwillkürlich einen Schritt auf sie zu machte und hilflos die Hand hob. Jetzt traten ihm gleich mehrere entgegen, und was sie von ihm verlangten, genügte, daß er sich nach anfänglichem Zögern umwandte und langsam davonging, auf dem Uferpfad.

Ohne einen Blick für die an unserem Kran hängenden Rettungsboote kam er über den Werftplatz, bückte sich nicht zu Kalluks Katze hinab, die ihm entgegenlief, strich wie abwesend an der Gießerei vorbei und betrat das Haus. Kein Wort zur Begrüßung, er ging zu seiner Koje, hob sich hinauf und starrte vor sich hin. Was ist los, fragte ich, hast du ihnen etwa erzählt, wie alles passiert ist? Arne nickte, leise sagte er: Ich mußte es ihnen sagen, ich hatte Schuld. Und wenn du dich geirrt hast, fragte ich, und er darauf: Ich hab mich nicht geirrt, und du weißt es. Er begann zu bibbern, etwas schmerzte ihn, ich zweifelte nicht, daß es die Worte waren, die sie ihm zugerufen hatten, die Beschuldigungen, die Flüche, vielleicht auch die Drohungen. Um ihn zu trösten, sagte ich: Nimm's nicht so ernst, Arne, sie sind nur wütend, weil nicht alles nach Wunsch gelaufen ist, sie beruhigen sich schon wieder. Mein Trost erreichte ihn nicht, er schüttelte den Kopf, sie mußten ihn nicht nur beschuldigt, sondern auch verletzt haben, so tief, daß er selbst nicht mehr daran glaubte, von ihnen aufgenommen zu werden. Da er sich nicht aussprechen wollte, fragte ich ihn nicht weiter, ich setzte mich in meine Ecke, mischte feingeschnittenen Tabak und drehte mir Zigaretten auf Vorrat, und dabei beobachtete ich dich, sah zu, wie du von der Koje glittest und mit dem Glas ans Fenster tratst und ausdauernd zu ihrem Feuer blicktest, und gewiß auch zu dem abgesackten Boot an der Brücke. Auf einmal fragtest du mich, ob in meinem Schapp auch ein Schraubenzieher lag, ich bot dir drei zur Auswahl an, du nahmst den stärksten und schobst ihn unter dein Kopfkissen. Ich wollte nicht wissen, wozu du ihn brauchtest oder vorhattest zu brauchen. Ich erzählte dir von der Absicht meines Vaters – es war nicht mehr als eine Absicht, etliche Bedingungen mußten noch erfüllt werden –, nach Finnland hinaufzufahren, um einen ausgedienten Eisbrecher zu übernehmen und zu überführen, zum Abwracken. Wenn wir ihn gemeinsam bitten, nimmt er uns bestimmt mit, sagte ich. Stell dir vor, wir könnten diese Reise zusammen machen, stell dir vor, wir könnten zusammen Toivo besuchen, sagte ich. Arne sah mich ungläubig an, dann zeigte sich ein Schimmer von Freude auf seinem Gesicht, und er fragte nur: Wann? Wenn alles geregelt ist, sagte ich, etwas muß da noch ausgehandelt werden. Er holte den Schraubenzieher unter dem Kopfkissen hervor und trat ans Fenster und linste zu dem sterbenden Feuer am Wasser hinüber, und

166

jetzt ahnte ich, worauf er wartete und was er plante.

Vergangenheit sprach aus allem, was ich in die Hand nahm, aus dem eigroßen Bernsteinklumpen, den ihm ein lettischer Matrose geschenkt hatte, aus der Zeitung, in der mein erster Bericht in der Rubrik »Junge Reporter« gedruckt worden war, und aus der Streichholzschachtel, in der er die Bleifigur aufbewahrte, die er selbst an jenem Silvesterabend gegossen hatte. Wie prompt mir alles entgegenkam, als ich die Figur befingerte – Arne hatte in ihr eine Krabbe erkannt, die einen Angriff erwartete; wieder war da unser überheiztes Zimmer, und wir saßen alle um den großen Tisch herum, auf dem eine mit Wasser gefüllte Emailleschüssel stand. Meine Mutter hatte sich gewünscht, daß wir, wie wir es in frühester Zeit getan hatten, mal wieder Blei gießen sollten, und bis auf Lars stimmten wir alle sogleich zu; er wäre lieber mit seinen Freunden am Wasser gewesen. Wiebke gelang es jedoch, ihn zu überreden, und schließlich war er es, der ein Bleirohr auftrieb und es in löffelgerechte Stücke schnitt. Mein Vater ließ ihn zum Dank dafür sein zu voll gegossenes Glas Apfelschnaps abtrinken. Gut gelaunt spielte er darauf an, daß sich an zu Silvester gegossenem Blei die Zukunft zeigte, aus den Figuren, den Gebilden ließe sich herauslesen, was einem so bevorsteht und worauf er gefaßt sein muß; vorher, meinte er, sollten wir aber unsere angewärmten Berliner essen. Wir aßen die Berliner.

Vom Hafen dröhnten verfrühte Böllerschüsse zu uns herüber, und einzelne Raketen, ungeduldig abgefeuert, stiegen in den Himmel und entließen mit einer Explosion flackernde Trabanten. Am liebsten wären wir schon jetzt ans Fenster gestürzt, aber mein Vater hielt uns zurück, er entzündete die Flamme und bestimmte die Reihenfolge. Offenbar glaubten sie, daß mir am wenigsten daran gelegen war, zu erfahren, was die Zukunft für uns bereithielt, darum mußte ich den Anfang machen. Sie schoben mir den Löffel zu und eine Holzklammer, damit ich den Löffelstiel halten konnte, und während die anderen schweigend zusahen, hielt ich das Bleistück in die Flamme. Es dauerte, ehe das stumpfe, graue Stück sich bewegte, zuerst nur ein wenig einsackte, sich dann blasenartig aufbuckelte und schließlich eine silberne Zunge erkennen ließ, die schwoll und zum Löffelrand drängte. Ich verkantete den Löffel, zischend fiel das Blei in die Schüssel, und nachdem die kleine Dampfwolke sich aufgelöst hatte, zeigte sich auf dem Schüsselgrund ein glänzendes Gebilde. Ich fischte es heraus, ich hielt es ins Licht, und mein Vater fragte: Na, Kinder, was hat Hans da fertiggebracht, strengt euch mal an. Ein Tintenfaß, sagte Wiebke, ein Tintenfaß, das umgekippt ist und ausläuft. Nie und nimmer, sagte Lars, das ist ein Schuh, der in irgendeiner Pfütze steckengeblieben ist. Und Arne, fragte meine Mutter, was meint Arne dazu? Du hattest noch keine Meinung, du mußtest das mehrdeutige Gebilde erst in die Hand nehmen, es drehen und von dir weghalten, aber dann wagtest du eine Bestimmung: Ein Vogel, ein durstiger Vogel, der trinkt. Das ist es, sagte Lars vergnügt, Hans muß sich in acht nehmen, sonst wird ihn sein Durst noch ruinieren. Wie rasch du protestiertest gegen diese Auslegung, nein, nein, sagtest du, so hab ich's nicht gemeint, und außerdem: Hans weiß immer, was er tut.

Meinem Vater glückte ein Gebilde, das mir als Stelzengänger vorkam, Wiebke indes wollte darin Telegraphenmasten erkennen, die beschlossen hatten, wegzuwandern, sich vielleicht schönere Standorte zu suchen. Als ich behauptete, daß eine Reise bevorstand, stimmten mir alle zu. Nachdem Arne seine Krabbe gegossen hatte, die wie zur Verteidigung ihre Scheren emporstreckte, sagte meine Mutter plötzlich: Mir scheint, wir sollten jetzt Schluß machen. Sie, der anfangs so viel daran gelegen war, das Blei zu deuten und zu befragen, wollte auf einmal nicht mehr, schob den Löffel von sich fort, hockte sinnierend da, ohne einen Grund für ihren Verzicht zu nennen. Was ist los mit dir, fragte Lars und sagte: Jeder kommt dran, mach schon, sei kein Spielverderber. Meine Mutter schüttelte den Kopf und legte eine Hand auf ihre Brust, sie atmete schwer. Hol die Tropfen und gib sie in den Tee, sagte mein Vater zu Wiebke. Wir zählten die Tropfen mit und sahen zu, wie meine Mutter trank und danach die Tasse hart absetzte. Sie wandte den Kopf und blickte zur Tür, gerade so, als überprüfte sie die Länge des Wegs, wir waren darauf vorbereitet, daß sie gleich aufstehen und ins Schlafzimmer gehen würde. Sie blieb. Sie blieb, denn Arne trat dicht an sie heran, nahm ihren Löffel und legte ein Stück Blei hinein und sagte: Ich mach's für dich, Tante Elsa, und da sie zögerte: Du brauchst den Löffel nur zu berühren, dann gilt es. Sie lächelte, zögerte immer noch, da nahm er ihren Finger und stupste ihn leicht gegen den Löffel. Er wirkte zufrieden: Gut so. Und danach hielt er den Löffel in die Flamme, mimte Spannung, große Erwartung, wie um anzuzeigen, daß diesmal etwas Außerordentliches herauskäme, und als könnte er dies noch befördern, kippte er das geschmolzene Blei mit übertriebenem Schwung in die Schüssel. Na bitte, sagte er, da haben wir's. Ich spürte eine schwache Beklommenheit, als er seine Hand ins Wasser tauchte und etwas hervorholte, das einem kurzstämmigen Baum glich. Zwei, drei unförmige Früchte – oder doch

Gebilde, die man für Früchte hätte halten können
– baumelten darin, und am Fuß des Baums, mein
Vater kam darauf, lag ein gedrungener Schlepp-
kahn. Also, wenn ihr mich fragt, sagte Lars, das ist
ein Äpfelkahn, Mutter wird Obstbäuerin, sie wird
den Hamburger Fruchtmarkt beliefern. Arne freute sich über diese Prophezeiung, er erweiterte sie,
er sagte: Du wirst Kapitän, Tante Elsa, wir werden
alle für dich arbeiten, und du brauchst uns auch
kein Geld zu geben, es genügt, wenn du uns mit
Äpfeln bezahlst. Boskop, sagte Wiebke, und Gol-
den Delicious. Ich bekomme Apfelsaft von der
stärkeren Sorte, sagte mein Vater. Da keiner Wert
darauf legt, sagte ich, kannst du mir das Fallobst
reservieren. Meine Mutter musterte die Bleifigur,
aus der wir so viel herauslasen, anscheinend konnte sie unsere Heiterkeit nicht begreifen, oder ihr
entging nicht, daß es eine zwanghafte Heiterkeit
war. Eine Weile rätselte sie an der Figur herum, ich
war sicher, daß sie uns mit einer eigenen Auslegung kommen würde, aber schließlich sagte sie
nur: Ist man gut, daß wir alle zusammenbleiben.

Über unseren Werftplatz ging ein vielfarbiger
Sternenregen nieder, und Wiebke rief: Schnell,
wir verpassen sonst noch das neue Jahr. Meine
Mutter wollte bei ihrem Tee bleiben, wir füllten
unsere Gläser mit Wein. Flüchtig verglichen wir
unsere Uhren, vergaßen sie jedoch gleich und gin-

gen ans Fenster, um den lautstarken, den dröhnenden Beweis für den Anbruch des neuen Jahres zu erhalten, und als die Schiffssirenen und Signalhörner ertönten, stießen wir mit unseren Gläsern an. Wiebke küßte uns eilig der Reihe nach, wir anderen gaben uns rasch die Hand, denn wir mußten das Feuerwerk im Hafen sehen, die Raketen, den Goldregen, die schwebenden Leuchtkugeln und explodierenden Sonnen. Von den Schiffen stiegen die Lichtschweife auf, krümmten sich in der Höhe und zertroffen im Fall; wir hatten Mühe, alles zu erfassen. Einmal zischte eine Rakete an unserem Fenster vorbei, stieg und traf nach wirrem Flug das Häuschen des Kranführers. Sogleich öffnete mein Vater das Fenster und spähte nach unten und rief eine Drohung hinab. Unten standen einige Gestalten, Peter Brunswik war unter ihnen, er wollte Wiebke sprechen. Zu meiner Überraschung lehnte Wiebke es ab, nach unten zu gehen, zu Peter Brunswik und seinen Freunden, die am Wasser ein Silvesterfeuer vorbereitet hatten, sie ließ sich nicht überreden, und zum Zeichen ihrer endgültigen Weigerung schloß sie das Fenster. Sie schenkte uns Wein nach und wollte mit jedem anstoßen.

Obwohl im Hafen immer noch einzelne Feuerwerkskörper emporstiegen, hielt meine Mutter es nicht mehr am Tisch aus, sie war erschöpft, sie wollte sich hinlegen. Sie stützte sich auf mich, und ich brachte sie ins Schlafzimmer. Das blitzende Ding, das sie auf ihr Nachtschränkchen legte, war das Bleigebilde, das Arne für sie gegossen hatte. Auf ihrem Bett sitzend, betrachtete sie es, nicht so, als wollte sie da ihrerseits etwas herauslesen oder bestätigt finden, was wir ihr scherzhaft vorausgesagt hatten, sondern einfach nur mit absichtsloser Freude. Es ist schön, Hans, sagte sie, daß wir mal alle zusammen waren, das geschieht nicht oft. Oder kannst du dich an einen Abend erinnern, an dem wir alle zusammen waren? Weihnachten, sagte ich, und sie darauf prompt: Weihnachten mußte Vater die »Watussi« übernehmen. Ich mußte ihr recht geben, und ich wunderte mich, was alles sie in ihrem Gedächtnis aufbewahrte. Vom neuen Jahr wünschte sie sich keine Veränderung, sie sagte: Wenn's nicht schlimmer wird, dann bin ich zufrieden. Was soll schlimmer werden, fragte ich. Sie antwortete nicht, vielleicht, weil sie zuviel wußte und es nicht auszusprechen wagte. Ein Sternenregen, vermutlich ein Irrläufer, sprühte und erlosch vor dem Schlafzimmerfenster, und auf dem Gesicht meiner Mutter lag für einen Augenblick der Widerschein zuckenden Lichts. Ich zog die Vorhänge zu. Ich wollte bei ihr sitzen bleiben, solange sie mich duldete, doch sie sagte schon bald: Nun geh mal zu den andern, ich werde mich jetzt hinlegen.

Die anderen waren weg, nur mein Vater saß allein am Tisch und forderte mich mit einer Handbewegung auf, mir von seinem besonderen Apfelsaft einzuschenken. Er trank mir zu, dann schob er mir ein schmales Pappkästchen hinüber: Guck mal. In dem Kästchen lag eine geschwungene Pfeife, neu, aber schon angeraucht. Eine Pettersen, sagte mein Vater, ist mit der Post gekommen, ohne Absender, zum neuen Jahr will ich sie in Betrieb nehmen. Und er sagte auch: Schau dir die Fassung des Mundstücks an, Sterlingsilber. Ich bewunderte die Pfeife, zum Vergleich hielt ich die alte daneben, deren Kopf fast zugewachsen war von altem Kohlenrest. Ich sah ihm an, daß er wußte, wer ihm die Pfeife geschenkt hatte, ich nannte keinen Namen, sondern sagte nur: Du hast ihm kein Wort gesagt. Werd' ich auch nicht, sagte mein Vater, er freut sich mehr, wenn er sich unentdeckt glaubt, und er freut sich öfter.

Er schenkte uns nach und fing abermals von dem fünfzigjährigen Firmenjubiläum an, das im neuen Jahr gefeiert werden sollte. Für die vielen Gäste wollte er auf dem Werftplatz ein Festzelt hochziehen lassen, Ausschank und kaltes Büffet beim Eingang, man sollte auf Bänken sitzen, vor zusammengestellten Tischen. Ihr, sagte er, werdet an einem Katzentisch sitzen und euch als Läufer Deck bewähren, also die Mietkellner unterstützen.

174

Reden halten können die aus der Werftleitung und die Vertreter des Senats. Er hob die Schultern, trank schnell, massierte seine Finger. Fünfzig Jahre, Hans, sagte er, fünfzig Jahre. Bald werden auch wir ausgemustert – wie die Schiffe, die sie zu uns zum Abwracken brachten. Wenn ich daran denke, wie viele es waren: eine ganze Flotte kommt da zusammen. Dafür wurden neue gebaut, sagte ich, und er darauf: Neue, ja, aber nur die alten haben ein Schicksal.

Er bat mich, ihm sein Werft-Album zu holen, das er ausschließlich für sich angelegt hatte, einen Band mit den Fotos von Schiffen, die auf ihrer letzten Reise bei uns gelandet waren; unter den Fotos, von Hand geschrieben, standen Namen, Reederei, Tonnage, Dauer des Abwrackens. Es war nicht das erste Mal, daß er sein Werft-Album aufschlug und es gemächlich durchblätterte, immer schien er da etwas zu überprüfen, blickweise zu vermessen; wer ihm zusah, konnte annehmen, daß er etwas suchte, was er nicht auf sich beruhen lassen wollte. Was es war, darüber sprach er mit keinem von uns, und er hatte es auch nicht gern, wenn man ihm bei seinen geduldigen Überprüfungen und Vergewisserungen über die Schulter guckte oder ihn mit Fragen störte. Auf meine Bemerkung: Ich geh mal zu den andern, blickte er nicht einmal auf.

Schon auf der Treppe hörte ich die Backstreet

Boys, ich machte erst keinen Versuch, an der Tür von Lars zu klopfen, ich zog sie rasch auf und fand die drei auf dem Fußboden. Sie hockten dort und spielten ein Würfelspiel, so vertieft, daß sie mich gar nicht zu bemerken schienen. Bei jedem stand ein Glas, lag ein Häufchen Münzen; Wiebke, das erkannte ich sogleich, befand sich in einer Gewinnsträhne. Wie sie die Würfel schüttelten, wie sie den Becher aus hartem Leder auf den Boden knallten, und wie ihre Köpfe zusammenfuhren, wenn sie die Zahlen ablasen! Als Arne, offenbar zum wiederholten Mal, verlor, reichte Wiebke ihm ihr Glas und ließ ihn trinken, kumpelhaft, ohne einen Dank zu erwarten. Ihr machte das Spiel Vergnügen, sie belustigte sich über Lars, der, bevor er die Würfel warf, den Becher so gewaltsam schüttelte, als wollte er sein Glück herbeizwingen. Keiner bot mir an, mich an ihrem Spiel zu beteiligen, das keine Anforderungen stellte und bei dem sie sich genug waren. Daß ich sie nicht früher verließ, lag an dir, Arne, an deinem Spieleifer, deiner Ausdauer, lag vor allem aber an deinem Einverständnis mit den Verlusten; nie habe ich einen Spieler erlebt, der seine Verluste so gutgelaunt hinnahm wie du.

Drei der Beteiligten haben es mir erzählt, und weil sie in manchen Einzelheiten nicht übereinstimmten, glaubte ich ihnen. Das aber bestätigten sie alle: in jenem Sommer hatten sie sich entschlossen, auf Fahrt zu gehen, auf eine Reise zu den Nordfriesischen Inseln, in einem Kutter mit Mast und Segel. Olaf Dolz hatte sie zu dem invaliden Taucher geführt, der bereit war, den Kutter zu verkaufen, es war ein verdrossener Mann, der nicht mit sich handeln ließ; nach einer Anzahlung gewährte er ihnen aber ein Vorkaufsrecht. Daß sie die Anzahlung leisten konnten, verdankten sie Arne, den sie erst nach langen Bedenken in ihren Plan einweihten und dem sie zusicherten, einen Platz an Bord zu bekommen. Arne freute sich so sehr, daß er sogleich Pullnow im Lager aufsuchte und schon mal einen Kompaß beschaffte, den abzulesen er wohl auf der »Albatros« gelernt hatte.

Heimlich brachte er den Kompaß in unser Zimmer; er, der mir alles anvertraute – seine Erwartungen, seine Ängste und Pläne –, verschwieg es mir und versteckte den kleinen Kompaß in dem hölzernen Kasten, in dem er seine Schuhe aufbewahrte. Dort fand ich ihn. Ich legte ihn nicht zu seinen Sachen, sondern stellte ihn auf das Bord, auf dem seine Bücher gestanden hatten – entschlossen, ihn dort für immer zu belassen.

Sie hatten sich gegenseitig versprochen, zunächst keinem ein Wort über ihr Vorhaben zu sagen, auch mir nicht, vor allem mir nicht, und wie jeder von ihnen, so fühlte sich auch Arne an dies

Versprechen gebunden. Manchmal spürte ich, daß er mir etwas vorenthielt und darunter litt, doch mir entging auch nicht, daß sich sein Verhältnis zu den andern änderte und daß diese begannen, ihn zu dulden, und nicht nur das: im »Blinklicht« ließen sie keinen Zweifel daran.

Ich war überrascht, sie alle im »Blinklicht« anzutreffen, in der sauberen Kneipe, die auf einem Ponton ruhte und am Ende unseres Seitenarmes vertäut war. Sie saßen bei Bier und Cola und fuhren wie ertappt auseinander, als ich hereinkam, ihr Schweigen zeigte mir, wie wenig willkommen ich war an ihrem Tisch. Es war auch kein Platz mehr frei, und da die anderen Tische von einzelnen Gästen besetzt waren, stellte ich mich an die Theke und bestellte mir bei Gudrun ein Alsterwasser. Von der Theke aus beobachtete ich, wie sie sich wieder einander zuwandten und zu reden anfingen, vergnügt, um Harmlosigkeit bemüht. Peter Brunswik zog etwas aus der Tasche und reichte es herum; als es bei Wiebke landete, hielt sie es mir entgegen, es war eine metallene Nixe mit geschupptem Fischleib, eine Nixe als Anhänger für ein Schlüsselbund. Gudrun bot mir an, einen Stuhl an den Tisch der anderen zu stellen, doch ich winkte ab, und sie lächelte verständnisvoll – Gudrun, die immer schwarz trug, solange ich sie kannte.

An einem Ecktisch saß ein Mann in großkariertem Baumwollhemd, er saß bei Lütt un' Lütt und stierte vor sich hin, nur wenn einer von meinen Leuten auflachte, hob er den Kopf und starrte angestrengt hinüber. Als Arne sich eine neue Cola bestellte, schnappte der Fremde sich einen Bieruntersatz und schleuderte ihn knapp aus dem Handgelenk fort, und die runde Pappscheibe segelte durch den Raum und traf Arne am Hals. Der wandte sich schnell um, legte eine Hand auf den Hals und musterte den Fremden, der sich unschuldig gab und seinerseits umdrehte. Kaum hatten sie zu ihrem Gespräch zurückgefunden, da ließ der Fremde abermals einen Bieruntersatz hinübersegeln, der schnellte über den Tisch und traf Arne im Gesicht. Jetzt sprang Arne auf, ergriff den Bieruntersatz, bereit, ihn zurückzuwerfen, doch da er nicht vollkommen sicher war, wer von den Gästen ihn geworfen hatte, zögerte er. Wiebke aber hatte den Fremden beim Wurf beobachtet, sie flüsterte Peter Brunswik etwas zu, der sich Lars zuneigte und mit ihm flüsterte, und dann standen beide auf und veranlaßten, als bestünde eine unsichtbare Verbindung zu ihm, auch Olaf Dolz, sich ohne ein Wort zu erheben. Zu dritt traten sie an den Tisch des Fremden, der ruhig sitzen blieb und sie verständnislos anblickte und schließlich versuchte, ihnen mit einer verlegenen Geste einen

Stuhl anzubieten. Sie übersahen die Geste. Peter Brunswik sagte etwas zu ihm, das ich nicht verstand; dann ließ er seine brennende Zigarette in das Bierglas des Fremden fallen. Es war so still im »Blinklicht«, daß ich das Zischen hörte. Als der Fremde aufstand, machte ich mich bereit, einzugreifen, ich brauchte es aber nicht. Nachdem Lars ihm ein paar Worte gesagt hatte, kam er zur Theke, rief Gudrun, zahlte und schwankte blicklos hinaus.

Sie gingen wieder an ihren Tisch zurück, und Wiebke betrachtete besorgt Arnes Gesicht, doch der Untersatz hatte keine Stelle oder Rötung hinterlassen. Lars bestellte ein Bier für ihn, Arne wies es nicht zurück, er trank mit ihnen und war heiter wie sie, auch ihm schien nicht daran gelegen, mich an ihrem Tisch zu haben. Es war unverkennbar, daß sie ihn aufgenommen hatten in ihrem Kreis, er gehörte zu ihnen und fühlte sich wohl in ihrer Nähe. Ich war nicht enttäuscht, daß er nicht mit mir nach Hause kommen wollte, er ließ mich allein gehen, er bat mich um Verständnis dafür, daß er noch eine Weile in ihrer Runde bleiben wollte, und ich verstand ihn, insgeheim freute ich mich sogar für ihn. Draußen, am Fenster, sah ich, wie sie gleich wieder die Köpfe zusammensteckten zu einer eifrigen Beratung, bei der Peter Brunswik das Wort führte.

Du, Arne, gabst ihm nach, du dachtest nicht an die Folgen, wagtest wohl nicht einmal, Bedenken zu äußern, einfach weil es dich froh machte, zu ihnen zu gehören. Dort im »Blinklicht« ließest du dich einweihen in ihren Plan – es war ein sorgfältig ausgedachter Plan, der euch in einer Nacht gebracht hätte, was ihr brauchtet, um den Kutter des invaliden Tauchers zu erwerben; das Rettungsboot der »Orion« schien euch nicht sicher genug – und du übernahmst die Rolle, die sie dir zudachten, die, wie du glaubtest, harmloseste Rolle. Zu spät bemerktest du, was sie dir verschwiegen hatten.

In der Dunkelheit brachen sie auf und trennten sich gleich wie abgesprochen: Arne ging allein über den Werftplatz zum Wasser hinunter und saß dort eine Weile auf der Holzbrücke, keine unbestimmte Zeit, sondern so lange, bis er die beiden Scheinwerfer sah, die sich auf der abschüssigen Zufahrt der Werft näherten. Er wartete noch, bis sie hinter dem Lager verschwanden, wieder aufleuchteten und, als sie auf Höhe der Gießerei waren, erloschen; dann stand er auf und schlenderte über den Platz, am Fallturm vorbei, am Kontor vorbei und weiter zu Kalluks Behausung. Kalluk saß an seinem Tisch und trank Tee, er hatte schon die Lederjacke an, die er immer auf seinen Runden trug, die Stabtaschenlampe lag schon bereit. Arne klopfte ans Fenster, und als der Mann ihn erkannte, gab er ihm ein Zeichen, hereinzukommen, und bot ihm einen Becher Tee an. Der Anweisung gehorchend, die sie ihm gegeben hatten, bemühte sich Arne, Kalluk so lange wie möglich aufzuhalten, um die Runde hinauszuzögern, vielleicht erzählte er ihm eine erfundene Geschichte von seinem finnischen Freund Toivo. Sicher aber ist, daß Kalluks Werkbank ihn anzog und er nach ausgiebiger Bewunderung der Knoten und Steks selbst versuchte, auf einen Tampen ein Auge zu setzen, ein Augspleiß, was ihm so wenig gelang, daß er Kalluk um Hilfe bat. Der setzte sich zu ihm und zeigte, wie ein Kardeel, eins unter, eins über eingeflochten wird; mit halb getaner Arbeit wollte er sich nicht zufriedengeben und spleißte ein vollständiges Auge. Und dann reichte er Arne einen Tampen und ließ ihn die Spleißarbeit nachmachen, und Arne nahm sich Zeit bei seinem Versuch. Sein geflochtenes Auge war noch nicht fertig, da brach Kalluk zu seiner ersten Runde auf, er versprach, sich zu beeilen, und hoffte, daß Arne ihm nach seiner Rückkehr eine gelungene Arbeit zeigen könnte.

Allein flocht Arne zunächst weiter, wobei er in Gedanken Kalluk begleitete, und als er ihn zwischen den verrotteten Rettungsbooten glaubte, verließ er die Behausung und stand still vor der

Tür und wartete auf den wandernden Lichtkegel der Taschenlampe. Nirgends blitzte es auf, der Schein verriet nicht, welchen Weg der Mann in der Dunkelheit genommen hatte. Arne lief los – er sagte später nicht: wie abgemacht, sondern: wie versprochen –, lief über den Platz, ohne zu lauschen, bis er vor der Gießerei die Konturen des kleinen Lastwagens erkannte. Sie waren beim Aufladen. Aus der Gießerei reichte Lars durch das offene Fenster gegossene Barren heraus, Messingbarren, Kupferbarren, die Olaf Dolz und Peter Brunswik ihm abnahmen und auf der Ladefläche des Transporters stapelten. Bei jedem neuen Barren herrschte Lars die anderen an, sich zu beeilen und vor allem, die Barren leise zu schichten und sie nicht einfach fallen zu lassen. Daß Wiebke im Führerhaus saß, blieb Arne verborgen, der, als er Lars' Stimme hörte und die anderen beim Aufladen vor sich sah, stehenblieb und zuerst gar nichts sagen konnte; jedenfalls brauchte er eine Zeit, um zwischen sie zu treten und sie, wie versprochen, zu warnen. Er sagte ihnen nur, daß Kalluk seine Runde angetreten hatte, danach ging er selbst in die Gießerei und rief mehrmals Lars an, doch der war verschwunden. Am offenen Fenster stehend, hörte er, wie seine Warnung draußen wiederholt wurde und wie sie sich gegenseitig zur Eile antrieben; einige Barren, die sie von der Erde aufhoben, warfen sie hastig auf die Ladefläche.

Schon wollte er zu ihnen hinausgehen, als ein plötzlicher Lichtschein ihn zwang, sich zu ducken. Tief duckte er sich unter das Fenster und verharrte so und zuckte zusammen bei Kalluks schroffem Anruf, der aus unmittelbarer Nähe kam. Er nahm das Getrappel wahr und Kalluks mehrmalige Aufforderung, stehenzubleiben, und ohne durchs Fenster zu linsen, bekam er mit, daß Peter Brunswik ein Kommando gab und daß darauf draußen ein Kampf stattfand. Schläge fielen. Einer stöhnte auf. Etwas kollerte über die zementierte Auffahrt, und Arne wußte, daß es Kalluks Taschenlampe war. Wieder hörte er Peter Brunswiks Kommando, und gleich darauf knallten die Türen des Transporters zu, der Motor sprang an. Arne rührte sich nicht und kauerte dicht an der Wand der Gießerei, während das Motorengeräusch leiser und leiser wurde und schließlich nur ein Teil des fernen Summens war, als der Transporter in die Asphaltstraße einbog.

Nach einer Weile hob er sich ans Fenster und sah hinaus, konnte jedoch Kalluk nicht erkennen, der nah bei ihm in der Dunkelheit lag und stöhnte, – es gab für ihn keinen Zweifel, daß es Kalluk war. Arne tappte zum Ausgang. Er zog die schwere Holztür auf. Draußen entdeckte er die Stabtaschenlampe und hob sie auf und schaltete sie ein. Vor der Regentonne lag Kalluk, er lag nicht da, sondern saß auf der Erde, den Oberkörper gegen die Tonne gelehnt. Als der Lichtschein ihn traf, hörte er zu stöhnen auf, und als Arne sich zu ihm hinabbeugte, legte er ihm ohne ein Wort einen Arm um die Schulter und ließ sich aufhelfen. Beide hielten es nicht für nötig, sich zu verständigen, sie schlugen den Weg zu Kalluks Behausung ein, der Lichtschein wanderte ihnen voraus; auch wenn sie stehenblieben, ließ Kalluk seinen Arm auf Arnes Schulter liegen. Umsichtig bugsierte Arne den Mann in den kahlen Schlafraum, drückte ihn auf das Bett nieder und fragte, womit er ihm helfen könnte.

Kalluk antwortete nicht, er starrte ihn nur an und antwortete nicht. Arne wollte wissen, was dem Mann Schmerzen bereitete, doch auch jetzt erfuhr er nichts. Kalluk gab sein Schweigen nicht auf, selbst als Arne finnisch zu ihm sprach und ihm beteuerte, wie leid es ihm tat, was geschehen war, überging er diese Beteuerung, er lag nur da und starrte Arne an, vermutlich jetzt schon entschlossen, nie mehr mit ihm zu sprechen. Den Becher mit kaltem Tee, den Arne ihm hinhielt, ließ er unbeachtet, desgleichen die Taschenlampe, die Arne vors Bett stellte. Sie sahen sich aneinander fest, mit bittendem Blick der eine, kalt und forschend der andere, zuletzt gab Arne es auf, Fragen zu stellen, vielleicht hielt er auch den Blick nicht mehr aus, der ihm bei jeder Bewegung folgte. Er ertrug wohl auch das Schweigen nicht mehr und verließ Kalluk.

Ich lag noch wach, als er heraufkam, bemüht, leise aufzutreten, er wollte sich im Dunkeln zu seiner Koje schleichen, stieß gegen den Hocker, auf dem meine Sachen lagen, und blieb sofort stehen. Mach ruhig Licht, sagte ich, und er brauchte mehrere Sekunden, ehe er es tat oder tun konnte. Tränen liefen über sein Gesicht, er atmete angestrengt, preßte eine Hand auf seine Brust und wandte sich zur Tür, gerade so, als wollte er mich wieder verlassen. Ich sprang aus dem Bett, ich befahl ihm, sich hinzusetzen, ich befahl ihm, mich anzusehen und zu erzählen, was passiert und was ihm zugestoßen war, und als er zu zittern begann, fuhr ich ihn an: Los, sag schon. Er blickte zu Boden, ich faßte ihm unters Kinn, hob sein Gesicht und verlangte: Erzähl jetzt, los.

Daß sie Kalluk niedergeschlagen hatten: das sagte er zuerst, und wirr und sprunghaft erzählte er von den verladenen Barren und dem Kleintransporter und den Augenblicken in der Gießerei, und allmählich kam Ruhe in seine Erzählung, und er gestand mir, welch eine Rolle sie ihm zugedacht hatten und daß er Kalluk neben der Regentonne fand und ihn nach Hause brachte. Es ging ihm nah, daß Kalluk nicht ein einziges Wort auf seine Fragen geantwortet hatte, er sagte: Ich glaube, er will nicht mehr mit mir sprechen. Jetzt wurde ihm bewußt, daß Tränen über sein Gesicht liefen, er wischte sie mit dem Ärmel ab und stand auf und wandte sich abermals zur Tür. Bleib hier, sagte ich und zog ihn am Handgelenk zurück, und da ich ahnte, was er vorhatte, sagte ich: Es ist spät, mein Vater schläft schon, du kannst morgen mit ihm reden. Er muß es wissen, sagte Arne leise, und ich darauf: Er wird es früh genug erfahren. Kalluk wird ihm einen Bericht geben, er muß es, er arbeitet für meinen Vater. Und dann fragte ich ihn, wer den Kleintransporter gefahren hat, und er sagte: Peter Brunswik. Haben sie viel aufgeladen? Viel, aber nicht alles, einige Barren lagen da noch. Weißt du, wohin sie fuhren? Nein. Haben sie über Geld gesprochen? Nein. Hast du gesehen, wer Kalluk niedergeschlagen hat? Nein, ich war in der Gießerei. Ich war sicher, daß Arne die Wahrheit sagte, daß er mir alles gestand.

Wie er so vor mir stand, hilfsbedürftig und ratlos, tat er mir leid; dennoch konnte ich ihm nicht versprechen, worum mich sein Blick bat und was er gewiß erwartete: Hilfe konnte ich ihm nicht versprechen. Es gelang mir nicht einmal, ihm Hoffnung zu machen, daß ich zu gegebener Zeit für ihn gutsprechen würde. Ich sagte: Zieh dich aus, Arne, und geh ins Bett. Er tat es gehorsam, tat es offenbar auch dankbar, vermutlich hätte er alles getan, was ich ihm aufgetragen hätte. Als ich seine Wolldecke nahm, sie über ihn warf und am Fuß-ende feststeckte, schien er zu lächeln, so, wie er es oft getan hatte, wenn ich ihn unter die Decke brachte.

Nachdem ich vom Fenster aus festgestellt hatte, daß bei Kalluk noch Licht brannte, zog ich mich an und verließ unser Zimmer ohne Erklärung. Arne fragte mich nicht, wohin ich ging; er stützte sich auf und nickte mir nur einmal zu, einverstan-den mit allem, was ich vorhatte. Ich schlich die Treppe hinab, trat aus dem Haus und blickte vom Fuß des Krans zu unserem Fenster hinauf: Arne hatte das Licht nicht gelöscht.

Mehrmals mußte ich bei Kalluk klopfen, ehe er mir öffnete – seine Katze strich an meinen Beinen vorbei und strebte ins Dunkel –; wortlos, mit einer knappen Handbewegung, lud er mich ein, herein-zukommen, und setzte sich auf die Bettkante. Mein Besuch erstaunte ihn nicht. Zu sagen hatte er nicht viel, oder er war nicht bereit, mehr zu sa-gen als: Ich hab nicht aufgepaßt, Hans, und dabei deutete er auf seinen Hinterkopf, auf die Wunde, die von blutgetränktem Haar bedeckt war. Ich säu-berte die Wunde; da er kein Pflaster hatte, legte ich ein Stück von einem Papiertaschentuch auf, klebte es vielmehr auf, und er ließ es geschehen und saß dann nur abwartend da, nunmehr bereit, mir zu antworten.

Er wußte noch nicht, wie viele Barren abtransportiert worden waren, er hatte keinen Verdacht, an wen sie verkauft werden sollten, und er konnte auch nicht sagen, wer ihn niedergeschlagen hatte, nur daß sie alle bei der Gießerei waren, das wußte er, an ihren Stimmen hatte er sie erkannt. Kalluk erinnerte sich auch, daß es Arne war, der ihm aufhalf und ihn nach Hause brachte, unser Hänfling, wie er ihn nannte, doch er fand kein Wort der Anerkennung für ihn und deutete auch nicht an, daß er Arnes Rolle anders beurteilte als die der anderen. Mein Versuch, für Arne zu sprechen – nicht entschieden, sondern zaghaft und mitunter nur andeutungsweise –, ließ ihn unberührt. Er kannte Arnes Geschichte und seine Fähigkeiten und seine Eigenart; Arne war ihm ans Herz gewachsen, er hatte ihn gern. Ich glaube, er fand auch für sich eine Erklärung dafür, warum Arne sich hatte überreden lassen, das Unternehmen mitzumachen, dennoch ließ er bis zum Schluß nicht erkennen, ob er ihm etwas zugute halten könnte. Auf Gewißheit aus, fragte ich ihn dann schon vor der Tür: Wann wirst du mit meinem Vater sprechen? Morgen früh, sagte er, sobald der Chef ins Kontor kommt.

Und was wirst du ihm berichten? Alles, sagte er. Alles, fragte ich. Mein Chef hat Anspruch darauf, alles zu erfahren, sagte er und fügte leise hinzu: Ich schulde es ihm.

Was mich zur Gießerei zog, oder was ich dort zu finden hoffte: ich weiß es nicht. Ich schlenderte über den dunklen Werftplatz, lauschte, stand beim Fallturm und sah zu den Autoscheinwerfern auf der fernen Straße hinauf, kein Licht schwenkte zu uns herab, sie kamen nicht zurück. Die Gießerei war offen wie immer, obwohl ich wußte, wo der Lichtschalter war, bewegte ich mich im Dunkeln, ertastete mit dem Fuß die Gußrinnen, umrundete die Pfanne und gelangte an die Wand, vor der die Barren gestapelt waren. Mit den Händen bemaß ich den Stapel, das, was übriggeblieben war, was sie, als sie gestört wurden, liegengelassen hatten, es waren nur noch drei geschichtete Reihen; den Schwund würden die Leute am Morgen sofort entdecken. Ich setzte mich auf die Barren und zündete mir eine Zigarette an. Draußen wurde es ein wenig hell, der Mond stand über der Elbe, durch die zerbrochenen Fenster – lediglich ein paar Glaszacken waren im Rahmen geblieben – blickte ich auf den Werftplatz hinaus, wo die Schatten deutlicher wurden. Da bewegte sich nichts, da schlich sich niemand zum Haus, obwohl ich mehrmals glaubte, geduckte Gestalten gesehen zu haben. Aber vor dem Fenster tauchte plötzlich die Silhouette eines Kopfes auf, jemand spähte zu mir herein, verschwand nach einem scharfen Zischlaut, danach hörte ich Schritte, die sich sehr schnell entfernten. Ich legte den Messingbarren zurück, den ich zu meiner Überraschung in der Hand hielt, in festem Griff und vermutlich auch bereit, ihn als Waffe zu gebrauchen, ich konnte mich nicht erinnern, ihn aufgehoben zu haben.

Eine Weile stand ich noch in der Gießerei, dann schnürte ich zu Pullnows Lager hinüber und – immer sichernd und darauf vorbereitet, einem von ihnen zu begegnen – auf den Platz hinaus, und bei den mächtigen Ankern, die der Kran einfach aus der Höhe hatte fallen lassen, verhielt ich und blickte zu unserem Fenster, das immer noch erleuchtet war: zum ersten Mal fürchtete ich, daß Arne etwas zustoßen könnte, dem er nicht gewachsen war; zum ersten Mal empfand ich eine unbestimmte oder unbestimmbare Angst. Auf kürzestem Weg ging ich ins Haus zurück, blieb vor unserer Tür stehen und horchte, bevor ich geräuschlos eintrat. Arne schlief. Sein Gesicht lag auf der Seite, sein entspanntes Gesicht, das nicht von Unruhe oder Besorgnis verschattet war; er hielt den Daumen vor seinen halbgeöffneten Lippen, gerade so, wie er es manchmal beim Nachdenken tat, auch beim Zuhören. Obwohl ich ihn aus der Nähe betrachtete – ich war ihm so nah, daß er meinen Atem hätte spüren müssen –, wachte er nicht auf, und als er einmal unvermutet unters Kopfkissen griff, tat er es im Schlaf.

Ich trug meinen Hocker ans Fenster. Ich holte mir das Nachtglas, löschte das Licht und beobachtete die nur schwach befahrene Straße, von der sie herabkommen mußten. Stellen wollte ich sie, dies vor allem; alles weitere bedachte ich noch nicht, es sollte sich ergeben, wenn ich sie vor mir hätte. Ein Kreuzfahrtschiff kam die Elbe herauf, erleuchtet und die Fruchtschuppen überragend glitt es näher und stoppte beim Überseehafen; durch das Glas begleitete ich die Ankunft, schwenkte dann schnell wieder zur Straße zurück und suchte, da keine Scheinwerfer ihre Rückkehr verrieten, den Werftplatz ab bis zum Wasser, auf dem Möwen ruhten und wohl auch Wildenten. In Kalluks Behausung brannte noch Licht.

Ich weiß nicht, wie lange ich auf meinem Beobachtungsposten saß, ich weiß nur, daß ich das Nachtglas weglegte und mich angezogen auf meiner Koje ausstreckte. Ich zwang mich, wach zu bleiben. Ich lauschte, entschlossen, auf ihre Rückkehr zu warten, und dabei hörte ich Arnes gleichmäßige Atemzüge. Vielleicht bin ich selbst kurz eingeschlafen, aber als ich die scheue anfragende

Stimme hörte, war ich sofort hell wach. Hans, fragtest du, Hans, bist du hier? Ja, sagte ich, worauf du zunächst schwiegst, als wäre das schon alles, was du wissen wolltest, dann aber fragtest du: Ist bald morgen? Nein, sagte ich, die anderen sind noch nicht einmal nach Hause gekommen. Wieder ließest du dir Zeit, ehe du fragtest: Bleibst du jetzt hier, und ich darauf: Ich bleib hier, ja.

Was Arne uns hinterlassen hatte – oder doch das meiste davon –, war verteilt und verpackt, Karton und Koffer ließen sich kaum noch schließen, und ich war so müde, daß ich beschloß, den Rest einfach in eine Wolldecke einzubinden und später in eine Persenning. Da kam zum zweiten Mal mein Vater herein. Er konnte keine Ruhe finden. Er sagte bekümmert: Solange ich dich hier oben weiß beim Sichten und Verstauen, komme ich nicht zur Ruhe, und während er das sagte, hielt er mir sein Buddelschiff hin. Ich erkannte das Schiff in der Flasche sofort wieder, das, wie er selbst zugab, nicht ganz getreue Modell der Bark »Elisabeth Schulte«, auf der er einst gefahren war vor langer Zeit. Weil ich zögerte, das Buddelschiff anzunehmen, legte er es mir in den Schoß und sagte: Pack es zu seinen Sachen, es gehört mir nicht mehr; ich hatte es ihm geschenkt, aber als er wegging, hat er es vergessen. Er setzte sich auf meine

Koje, brannte sich seine Pfeife an und musterte die Behältnisse und all die Dinge, die neben ihnen lagen, anscheinend erstaunt, wieviel sich angesammelt hatte. Plötzlich sagte er: Vielleicht kommt's dir seltsam vor, aber ich habe das Gefühl, es ist Arnes Eigentum, das Buddelschiff, meine ich, und dabei hat er es nicht einmal berührt. Jedenfalls nach allem, was passiert ist, kann ich es nicht behalten.

Ich wußte nicht, daß er Arne das Modell der »Elisabeth Schulte« geschenkt hatte, wußte ebensowenig, daß dieser vergessen hatte, es mit sich zu nehmen – an dem Morgen, an dem Arne im Kontor erschien und meinen Vater unter vier Augen sprechen wollte. Wie bedrückt und doch genau sich mein Vater an diese Begegnung erinnerte, er war nicht verblüfft, daß Arne so früh zu ihm kam, insgeheim hatte er wohl damit gerechnet, denn was in der Nacht geschehen war, hatte er bereits von Kalluk erfahren, und der konnte nicht glauben, daß Arne seine Mitwisserschaft lange aushalten würde. Ja, er erwartete Arne, und er ließ ihn vor seinem Schreibtisch stehen, ohne ihn auch nur ein einziges Mal aufzufordern, zu reden, er sah ihn nur an mit seiner unbegreiflichen Ausdauer, und als Arne, um das peinigende Schweigen zu beenden, schließlich zu reden anfing, gab er ihm nicht zu verstehen, wie er alles einschätzte und worauf sich die Beteiligten gefaßt machen müßten.

Ich weiß nicht, woran es lag, sagte mein Vater, aber ich konnte kein Verhör mit ihm anstellen, wollte nur hören, was er von sich aus zu erzählen hatte. Und Arne erzählte von ihrem Plan, einen tüchtigen Kutter zu erwerben und auf große Fahrt zu gehen, er nannte auch das Ziel und ließ nicht aus, daß man ihm einen Platz an Bord zugesichert hatte. In dem Bedürfnis, loszuwerden, was ihn belastete – und gewiß auch in dem heftigen Wunsch, wiederzugewinnen, was er verloren glaubte –, gestand er alles ein, zumindest soviel er wußte, und mein Vater nahm es zunächst schweigend zur Kenntnis. Er redete erst, als Arne sich nach Kalluk erkundigte, stockend anfragte, ob der noch Schmerzen habe und schon wieder gehen könnte, ohne Hilfe. Da brachte ich ihm bei, sagte mein Vater, daß Kalluk bereits bei mir gewesen war und alles berichtet hatte. Arne versuchte darauf zu antworten, einiges zu erklären, brachte aber nur verstümmelte Worte hervor, er verkrampfte, Tränen liefen über sein Gesicht, das Stehen fiel ihm schwer.

Mein Vater ging zu ihm, drückte ihn auf einen Stuhl nieder und sprach beruhigend auf ihn ein, vermutlich legte er einen Arm um ihn – eine Geste, mit der er mitunter ihm fehlende Worte ersetzte –, konnte sich jedoch nicht entschließen, ihn freizusprechen, auch als er heraushörte, wie sehr Arne bedauerte, was geschehen war, konnte er es nicht. Nach einer Weile fing sich Arne wieder, hockte nur noch brütend da und starrte auf das Buddelschiff, das mein Vater von einem seiner Leute geschenkt bekommen und aufs Fensterbrett gestellt hatte. Es war wohl weniger das Schiff, das ihn anzog, als vielmehr die metallene Namensplatte auf dem Gestell, die ihn anzog, mein Vater bemerkte es, und weil Arne sich scheute, Fragen zu stellen, sagte er: Die »Elisabeth Schulte«, du weißt ja, mit wem ich da an Bord war. Und er sagte auch: Stimmt nicht ganz, das Modell, aber meine alte Bark kann ich darin schon wiedererkennen.

Er holte das Buddelschiff vom Fensterbrett und setzte es auf den Schreibtisch vor Arne hin: Schau mal genau hin, der Rettungskutter auf Steuerbordseite, wir beide waren damals Kuttergäste, dein Vater und ich, wir hatten die Verantwortung dafür, daß der Kutter immer seetüchtig war. Auch jetzt hatte Arne nichts zu fragen, oder er unterdrückte die Fragen, die sich unwillkürlich für ihn ergaben, ergeben mußten. Schweigend blickte er auf das Modell der Bark, schweigend und regungslos. Mein Vater sagte: Auf einmal aber sah ich, wie seine Lippen zitterten, er griff nach meiner Hand, hielt sie einen Augenblick fest und stand auf und wollte hinaus. Arne war entschlossen, ohne ein Wort zu verschwinden. Eine Aufforderung meines Vaters brachte ihn zurück. Ohne den Blick zu heben, ohne ein Zeichen der Überraschung oder der Freude nahm er zur Kenntnis, daß das Buddelschiff ihm gehören sollte. Ich mußte ihm einfach das Ding schenken, sagte mein Vater und fügte hinzu: Als ich wissen wollte, ob er es haben möchte, nickte er nur, mehr nicht. Danach ließ Arne sich nicht mehr zurückhalten, er verließ das Kontor, ohne zu sagen, wohin er wollte oder was er vorhatte, er reagierte auch nicht, als mein Vater ihn darauf hinwies, daß er vergessen hatte, das Schiff in der Flasche mitzunehmen. Er übersah es, vergaß es.

Je länger ich das unberührte Geschenk in Händen hielt, desto unschlüssiger wurde ich, ob ich es zu Arnes Nachlaß legen sollte, anscheinend hatte mein Vater mir die Entscheidung überlassen, von meiner Koje aus beobachtete er mich und wartete. Gespannt wartete er, als hinge wer weiß was an meiner Entscheidung, vielleicht maß er dem nicht angenommenen Geschenk eine Bedeutung zu, die er mir verschwiegen hatte. Ob er zufrieden war, als ich das Buddelschiff hinter Koffer und Karton legte, weit genug von beiden entfernt, weiß ich nicht, ich weiß nur, daß er wie auf ein Stichwort von meiner Koje herabrutschte und mir in rätselhafter Dankbarkeit auf die Schulter klopfte. Im Weggehen sagte er: Siehst müde aus, Hans, mach nicht zu lange, ich werde versuchen, ein paar Stunden zu schlafen, ich hoffe, daß es mir jetzt gelingen wird.

Nie, Arne, werde ich vergessen, wie du aus dem Kontor herauskamst und gleich den Weg zum Haus einschlugst, gewiß hattest du mich am Fenster entdeckt, mein Zeichen verstanden, du warst bereit, zu mir zu kommen. Aber dann tauchten am Rand des Werftplatzes Lars und Wiebke auf, ihr gingt aufeinander zu, das heißt, du ändertest die Richtung, um ihnen zu begegnen, und als sie nur noch ein paar Schritte von dir entfernt waren, bliebst du stehen. Blicklos gingen sie an dir vorbei. Unmittelbar vor dir strebten sie auseinander und gingen achtlos an dir vorbei, nicht anders, als wären sie einem Pfahl, einem Mast ausgewichen. Wie lange du dastandest, wie ungläubig du ihnen nachsahst – außerstande, dir ihr Verhalten zu erklären, ihre Achtlosigkeit, ihre Zurückweisung.

Arne bekam nicht mit, wie die beiden am Lagerhaus vorbei zu Kalluks Behausung hinabgingen, klopften und eingelassen wurden, er gab plötzlich seine Absicht auf, zu mir zu kommen, wandte sich um und bewegte sich zum Wasser hinab, zum Anleger, wo er zu der alten Fähre hinüberlinste, auf der die Schneidbrenner tätig waren. Einer der Arbeiter schien ihm von weither zuzuwinken, denn er winkte zurück. Daß er in das Dingi kletterte, überraschte mich, niemals zuvor ist er allein in das Boot eingestiegen, nie habe ich gesehen, daß er die Leine löste und sich abstieß und die Ruder ergriff. Ungeschickt tauchte er die Ruder ein, zog sie nicht durch, sondern brach sie ungleichzeitig aus.

Anfangs glaubte ich, daß er zu der alten Fähre rudern würde, doch er hielt sich in Ufernähe, glitt stetig auf dem dunklen Arm dahin, mitunter zog er die Ruder ein und ließ sich treiben. Und an dem Platz, auf dem der Vater von Olaf Dolz die Seezeichen wartete, legte er zu meiner Verwunderung nicht an, sondern trieb weiter. Er verausgabte sich nicht. Als ein Schlepper zu uns heraufkam, zog er die Ruder ein und erwartete die auslaufenden Wellen, die das Boot anhoben und in leichtes Schlingern brachten. Dann kam er außer Sicht, und ich nahm an, daß er in das Hafenbecken hineinglitt, in dem die weißen Fruchtschiffe anlegten, aber er wollte und wollte dort nicht erscheinen, solange ich auch suchte: Er zeigte sich nicht, da gab es keinen Zweifel mehr, daß sein Ziel die Elbe war, zumindest mußte ich es glauben.

Ich zog mich an und ging nach unten. Meine Mutter fing mich auf dem Flur ab, sie sagte: Das Frühstück ist fertig, bring Arne mit. Ich versprach es. Zuerst wollte ich ins Kontor, zu meinem Vater, doch da er Besuch hatte, beschloß ich, Arne allein zu folgen und ihn zurückzuholen. Die Bodenbretter der Pinasse waren aufgeschwommen, ich mußte Wasser schöpfen; um keine Aufmerksamkeit zu erregen und aufgehalten zu werden, arbeitete ich geduckt mit der kurzstieligen Holzschaufel. Aus seiner Höhe rief mich der Kranführer an, als ich mich zu erkennen gab, grüßte er mich, indem er die Hand an die Mütze legte. Der Motor sprang gleich an, ich holte die Leine ein und legte ab und ahnte schon in diesem Moment, daß ich die Leine würde gebrauchen können. Wie er, wie Arne hielt ich mich dicht am Ufer, ein kurzer heftiger Schauer ging nieder und beeinträchtigte vorübergehend die Sicht. Fern auf der Elbe forderte einer dieser Container-Riesen Schlepperhilfe an, es war ein so tiefes, so mächtiges Signal, daß das ganze Land am Strom aufzuhorchen schien.

Ich drosselte den Motor. Dort, wo unser Wasserarm sich zur Elbe hin öffnete, an einer rotweißen Fahrwasserboje, lag unser Dingi, es war vertaut und schwojte in der Strömung. Arne war nicht zu sehen. Langsam fuhr ich näher heran, ich dachte, daß Arne sich auf den Boden gesetzt oder gelegt hatte, um den Schauer abzuwarten, doch das Boot, neben dem ich anlegte, war leer. Das ablaufende Wasser staute sich und zerrte an der Boje, es folgte seinem alten Weg in Wirbeln und plötzlichen Schnellen und zwang mich, ihm nachzublicken. Diese Angst auf einmal, dieser plötzliche Schmerz, ich rief laut seinen Namen, ich stieß mich vom Dingi ab und fuhr mit ablaufendem Wasser stromabwärts, an ewig Treibendem vorbei, an Bretterzeug und Flaschen und Dosen, den Blick ständig auf der dunklen Oberfläche. Sie drohten mir von der Brücke eines Schleppers, weil ich seinen Kurs zu riskant geschnitten hatte. Auf einer Schute schüttelten sie den Kopf, weil ich sie fast geschrammt hätte. An der grauen Wand des Docks vorbei fuhr ich weiter, da trieb nichts auf, da schimmerte nirgends, luftgebläht, sein sandfarbener Parka, ich hielt auf einen Schwarm von Möwen zu, die sich erst im letzten Augenblick kreischend erhoben und gleich hinter der Pinasse auf dem Wasser niederließen; ich glitt, ohne hochzublicken, an einem Giganten der Maersk-Linie vorbei, und bei den Slipanlagen der großen Werft gab ich auf und wendete.

Auch auf der Rückfahrt suchte ich das Wasser ab, fuhr Schleifen, verhielt hinter einem Bagger, du kamst und kamst nicht zum Vorschein, und ich mußte mir vorstellen, wie die Elbe dich in ihrer dunklen Tiefe mit sich zog, entführte. An der Fahrwasserboje machte ich fest, band das Dingi los und nahm es mit Hilfe der Leine in Schlepp, und damit das Dingi nicht bockte und ausscherte, verkürzte ich die Leine. Da ich keinen festen Stand finden konnte, setzte ich mich auf die achtere Ducht, der Druck in meiner Brust wurde immer stärker, und an den Schläfen spürte ich eine Klammer, die mehr und mehr angezogen wurde. Als ich in unseren Arm einlief, passierte mich der Kreuzer der Wasserschutzpolizei; ich winkte, ich forderte sie zeichenhaft auf zu stoppen, doch sie zogen vorbei, vermutlich nahmen sie mein Winken als Gruß, oder sie bemerkten es gar nicht.

Auf unserem Anleger stand mein Vater, ich sah ihn schon von weitem, obwohl wieder ein leichter Schauer niederging, blieb er dort stehen, gerade so, als wartete er darauf, die Leine aufzufangen, die ich ihm zuwerfen würde. Er rief mich nicht an. Er half mir nicht beim Anlegen; erst nachdem ich die Pinasse und das Dingi festgemacht hatte, reichte er mir die Hand und half mir hoch. Wo ist Arne, fragte er, und da ich nicht gleich antwortete: Wo Arne ist, will ich wissen. Das Dingi war leer, sagte ich; er hat es an der ersten Boje festgebunden. Ist er allein rausgefahren, fragte mein Vater. Allein, ja, sagte ich. Er fragte nicht weiter, er schien bereits genug zu wissen und blickte nur starr an mir vorbei über das Wasser, und wie er so stand, wagte ich nicht, ihn anzusprechen und ihm zu berichten, daß ich schon auf der Suche gewesen war. Und als er sich abrupt abwandte, wagte ich es auch nicht, ihn einfach zu begleiten, ich ließ ihn vorausgehen, wartete, bis er am Fuß des Krans war und von dort mit beschleunigtem Schritt seinem Kontor zustrebte.

Mein Vater telefonierte, er saß mit geschlossenen Augen an seinem Schreibtisch und telefonierte; ich verhielt so lange vor dem Fenster, bis er den Hörer auflegte, dann ging ich ins Kontor. Nicht zu mir, zu seinem Tischkalender hinsprechend sagte er: Ich hab ihnen Bescheid gegeben, ich hoffe, sie werden ihn finden. Sie sind mir gerade begegnet, sagte ich, und sagte auch: Ich wollte sie stoppen, aber sie haben mich wohl nicht bemerkt. Er nickte, er schien es offenbar beobachtet zu haben. Und dann hielt ich es nicht mehr aus und fragte: Glaubst du, daß Arne es getan hat, und er sah mich ruhig an und sagte: Wir müssen damit rechnen. Aber warum, fragte ich. Mit einer Handbewegung, die seine Ungewißheit und wohl auch seine Hilflosigkeit andeuten sollte, sagte er: Du glaubst nicht, Hans, welche Gründe mitunter ausreichen; du könntest verzweifeln. Er warf den Kopf hin und her, murmelte etwas, ließ eine offene Hand auf die Tischplatte fallen und saß so eine Weile; dann stand er mühsam auf und sagte: Bleib du beim Telefon, ich muß mit Mutter sprechen. Von der Tür her sagte er noch: Wir können jetzt nur warten.

Kein Tag, Arne, an dem mein Vater nicht bei seinem alten Kumpel von der Wasserschutzpolizei anrief, kein Tag auch, an dem nicht einer von uns nach dir fragte oder etwas über dich zu erzählen hatte, einmal stellte meine Mutter sogar einen Teller an deinen gewohnten Platz, nicht anders, als rechnete sie mit deinem Erscheinen. Wir wollten oder konnten uns nicht damit abfinden, daß du uns verließest ohne ein einziges Wort, anfangs war ich sicher, daß du zumindest mir etwas hinterlassen hättest – unter dem Kopfkissen, im Eckschränkchen –, doch ich konnte nichts finden. Der Brief, den mein Vater an das Altersheim schrieb, kam mit der Aufschrift zurück: Adressat verstorben.

Einen ganzen Monat warteten wir, einen ganzen Monat, in dem nicht nur ich glaubte, dich unvermutet gesehen zu haben – auf einer vorbeigleitenden Fähre, in einem Bus –, so wie man ja oft einen Menschen, dem man zu begegnen hofft, plötzlich erkannt zu haben glaubt, aber am Ende mußten wir uns eingestehen, daß du es doch nicht gewesen sein konntest.

Den Rest seines Nachlasses, den Pullover, die Hosen, den blauen Marine-Schal legte ich auf die Wolldecke, ich war so müde, daß ich mitunter das Gefühl hatte, leicht zu schwanken, wie auf einer Welle zu schwanken, und auch alles, was um mich herum auf dem Boden lag, schien von einer sachten Bewegung erfaßt zu werden. Ich schlug die Wolldecke nicht zusammen, schloß nicht die Behältnisse, ich saß auf dem Hocker und rauchte und überblickte das Ergebnis meiner Arbeit. Als ich die Schritte hörte, dachte ich sofort an ihn, es waren seine behutsamen Schritte, die sich da näherten, für einen Augenblick gab es keinen Zweifel daran, und bestürzt und irritiert überlegte ich schon, wie ich ihm erklären sollte, warum ich seine Sachen eingesammelt und zusammengepackt hatte. Es war nicht Arne, es war Lars, der zaghaft hereinkam und die Hinterlassenschaft musterte, ohne ein Wort und zunächst ohne eine Regung, er stand nur und betrachtete die Dinge, so ausdauernd, als nähme er still ihren Bestand auf. Dann glitt sein Blick über das leere Schränkchen, über die leere Kiste und über die Stelle an der Wand, an der der kolorierte Stich des Bottnischen Meerbusens angepinnt gewesen war, und er hob die Schultern und seufzte. Dann trat er hinter mich und legte wie zerstreut eine Hand auf meine Schulter, ich ahnte, wie schwer es ihm fiel, etwas zu sagen. Schließlich aber sagte er: Zum Heulen, nicht, und da ich nicht antwortete, sagte er: Schlimm für uns alle, oder? Ja, Lars, sagte ich, das ist es. Eine Weile blieb er hinter mir stehen, und ich spürte, daß er etwas erwog und für sich bedachte. Ich spürte, wie seine Finger sich bewegten und ein wenig Stoff meines

Hemdes sammelten, daran zogen, zupften, wieder still lagen, und auf einmal trat er vor mich hin und berührte flüchtig meine Wange.

Nein, sagte er, und das war schon alles, und ohne mich um mein Einverständnis zu fragen, trat er zwischen die Dinge, die einst Arne gehört hatten; ein Ausdruck von Entschlossenheit lag auf seinem Windhundgesicht, er bückte sich, zuckte, zerrte den Stich des Bottnischen Meerbusens hervor und trug ihn zu der Stelle, an der er immer gehangen hatte. Er pinnte ihn fest. Er betrachtete ihn kritisch und schien zufrieden. Danach hob er das Sperrholzbrettchen mit den Schiffsknoten aus dem Karton und stellte es wortlos an seinen gewohnten Platz. Die finnische Grammatik wischte er mit dem Ärmel ab, bevor er sie auf den Klapptisch legte, und das Stückchen rotweißer Schnur legte er probeweise um sein Handgelenk, ehe er es an den Fenstergriff hängte.

Nicht ein einziges Mal sah er dabei zu mir hin, vergewisserte sich nicht, ob ich guthieß, was er tat, er kramte und fischte immer mehr Dinge heraus und legte sie zu meiner Verwunderung an den Platz zurück, den Arne ihnen zugedacht hatte. Ich berief ihn nicht, ich fragte nicht, warum er das tat, manchmal, wenn er unschlüssig dastand, wünschte ich sogar, daß er seine Tätigkeit fortsetzte, denn die Dinge an ihrem alten Platz zu sehen entsprach einem unerwarteten Verlangen: Zeit kam zurück, ohne daß etwas gesagt werden mußte. Aber dann hielt er inne und steckte gleichzeitig zwei Zigaretten an und reichte mir eine. Er setzte sich mir gegenüber auf eine aussortierte Schwimmweste. Keiner von uns nannte Arnes Namen, und doch wußte ich, daß wir beide ihn uns zurückwünschten, in der vollkommenen Stille, die uns jetzt umgab.

Bis Fr,
den 18. Juni

Siegfried Lenz im dtv

»Siegfried Lenz gehört nicht nur zu den ohnehin
raren großen Erzählern in deutscher Sprache,
sondern darüber hinaus auch noch zu den
ganz wenigen, die Humor haben.«
Rudolf Walter Leonhardt

Der Mann im Strom
Roman
ISBN 3-423-00102-X
Das Schicksal eines Tauchers,
der zu alt ist für seinen Beruf
und der seine Papiere fälscht,
um wieder Arbeit zu bekommen.

Brot und Spiele
Roman
ISBN 3-423-00233-6
Aufstieg und Fall eines
Sportidols.

Jäger des Spotts
Geschichten aus dieser Zeit
ISBN 3-423-00276-X

Das Feuerschiff
Erzählungen
ISBN 3-423-00336-7
»In sich schlüssige kleine
Kunstwerke.« (Marcel
Reich-Ranicki)

**Es waren Habichte in
der Luft**
Roman
ISBN 3-423-00542-4

Der Spielverderber
Erzählungen
ISBN 3-423-00600-5

Beziehungen
Ansichten und Bekennt-
nisse zur Literatur
ISBN 3-423-00800-8

Deutschstunde
Roman
ISBN 3-423-00944-6
Siggi Jepsen hat einen
Deutschaufsatz über
›Die Freuden der Pflicht‹
zu schreiben. Ein Thema,
das ihn zwangsläufig an
seinen Vater denken läßt.

**Einstein überquert die
Elbe bei Hamburg**
Erzählungen
ISBN 3-423-01381-8

Das Vorbild
Roman
ISBN 3-423-01423-7
Drei Pädagogen in
Hamburg.

Der Geist der Mirabelle
Geschichten aus Bollerup
ISBN 3-423-01445-8

Heimatmuseum
Roman
ISBN 3-423-01704-X
Erinnerungen an Masuren.

Siegfried Lenz im dtv

Der Verlust
Roman
ISBN 3-423-10364-7

**Die Erzählungen
1949–1984**
3 Bände in Kassette
ISBN 3-423-10527-5

**Elfenbeinturm und
Barrikade**
Erfahrungen am Schreibtisch
ISBN 3-423-10540-2

Exerzierplatz
Roman
ISBN 3-423-10994-7

Ein Kriegsende
Erzählung
ISBN 3-423-11175-5

Das serbische Mädchen
Erzählungen
ISBN 3-423-11290-5
und dtv großdruck
ISBN 3-423-25124-7

**Leute von Hamburg
Meine Straße**
ISBN 3-423-11538-6

**Über das Gedächtnis
Reden und Aufsätze**
ISBN 3-423-12147-5

Die Auflehnung
Roman
ISBN 3-423-12155-6

Ludmilla
Erzählungen
ISBN 3-423-12443-1

Duell mit dem Schatten
Roman
ISBN 3-423-12744-9

Über den Schmerz
ISBN 3-423-12768-6

Arnes Nachlaß
Roman
ISBN 3-423-12915-8

**Mutmaßungen über die
Zukunft der Literatur**
Drei Essays
ISBN 3-423-13057-1

**Lehmanns Erzählungen
oder So schön war mein
Markt**
Aus den Bekenntnissen
eines Schwarzhändlers
dtv großdruck
ISBN 3-423-25141-7

Die Klangprobe
Roman · dtv großdruck
ISBN 3-423-25172-7